春陽文庫

御朱印銀次捕物帳

島田一男

目次

御朱印銀次捕物帳

第一話　帯取り念仏

お高祖頭巾の女

「あアら、親分！」

いい気持ちにあったまって、柳湯ののれんをくぐったとたんに、はずんだあだな声を浴びせかけられて、御用聞きの銀次がギクッと顔をあげた。

「おう……なんだ、小袖さんか」

「なんだ――は、いけすかないねエ……」

ぬか袋の糸をくわえた小袖の口もとが、チラリとほころびる。

当時江戸一番の捕物師――いざとなれば大名旗本相手でも正面を切るこわいもの知らずの御朱印銀次にも、たったひとり手におえない相手があった。それが、竹町芸者の立花家小袖だ。

団十郎ばりにいきで苦みばしって、方円流の捕縄と、渋いノドの投げ節は、両方とも師匠の折り紙つき……そのうえ二十八にもなってまだひとり身というのだから、江戸の娘っ子が承知しない。

そのなかで、小袖がはっきり言いきった——。

「あたしゃ銀次親分のほかに男は持たないよ……」

以来足かけ三年まる二年、小袖はすきさえあれば竹町裏の銀次の家へ押しかける……。

銀次がどんな顔をしようが、なんといおうが、聞くことじゃない。くずし島田にあねさんかぶりで、ふきそうじから慣れぬ手つきで水仕事までやってのける。はじめは、ずいぶん焦げ臭いのや、おじやまがいの飯を食わされたが、このごろではすっかり板についてきた。

この深情けには銀次もあきれ返って、もはや、あなたまかせという形……喜んだのが子分のヒキガエルの六助だ。おかげさまで雑用がさばけます——とばかり、ドングリ眼を細くし、大きなワニ口をパクパクさせてやに下がっている。

——その苦手の小袖に、柳湯の前でバッタリ顔を合わせたのだ。

「どんな風の吹きまわしかねエ、親分が朝湯に来るなんて……いつもは今ごろ、やっとお目ざめじゃないか」

「なアに、真夜中から吉原の大火事だ。飛び出してって半刻ほどまえに帰ってきたのさ」

「いやだねエ、火事とけんかはお江戸のはなか知らないが、他人さまの災難をおもしろがるなんて、ほんとうの江戸っ子じゃありませんよ。それに、吉原が火事だってエと、品川や目黒からすっ飛んでくる酔狂な人がいるんですってねエ」

「お話し中だが、小袖ねえさん、おいらア火事場見物に行ったんじゃねエぜ。大火事ともなれば、御用は山ほどあらアね。まず、つけ火かどうかを調べなくっちゃならねえ。それに、火事場かせぎのいたずら者をとっつかまえるのもおれたちのお役目だ」

「すんません……あたしゃ親分のことをいったのじゃありませんよ」

ほれた弱みか、鉄火を売り物の竹町のいいねえさんが、すなおにあでやかな髷をさげる。これが困りもの……あやまらずに、ポンポンと啖呵でもきってくれたら、

〝なにいってやんでえ――〟

と、こちらもつっぱなせるのだが、おとなしく出られてはけんかにならない。

「なアに、あやまることアねエよ……ところで、竹町のいきどころは昼ぶろと思ってたが、小袖さんは朝湯かい？」

「いいえ、けさだけ……実は、あたしも、いまさっき吉原から帰ったばかり……」

「けッ、おまえさんも火事好きの江戸女か……」

「いいえ、親分、あたしだってあすこにゃ、顔出ししなくっちゃ義理の悪いところがたくさんあるんですよ。知り合いの師匠やねえさんたちがいますもの……」

むきになって言いわけをする小袖の髷に、朝風になびく柳がフーワリ戯れかかる。二分ばかりのびた新芽のさわやかな緑が、チカチカと目にしみるばかりに光っている……。

と、そのとき――

「うおッ、親分、お客だよ……」

半丁も先から、ヒキガエルの六助ががなりながら、前をはだけてピョンピョン飛んでくる。つらつきといい、チンマリしたかっこうといい、掛け値なしのヒキガエル――。ヒキ六と呼ばれるのも無理ではない。

「なんてエかっこうだ……そこいら辺のはなったれよりガキッぽいぜ」

「だって親分、ふるいつきてエようなのが舞い込んだのだから、ちーっとはずみまさア」

とたんに、小袖の顔が険しくなる――。

「六さん、お客は女衆かえ?」

「女も女、あちらにもある、こちらにもあるってエ一山いくらの女たアわけが違う」

「悪かったねエ、あたしゃどうせ一山いくらさ」

「ああ、こいつアいけねエ。ねえさんは別だ」

「おそいよ。どうせあたしなんかより、ずんと美しいでしょうよ」

「さア?　なにしろテキは、お高祖頭巾(こそずきん)をかぶりっぱなしだ」

ヒキ六の話はいつでもこの調子――。銀次はプッと吹き出しながら――

「ふるいつきてエとはそそっかしいぜ……頭巾をぬぎゃ、とんだゲテモノかもしれねエ」

「そ、そりゃそうですがね、声がいいんですよ、声が……チンチロリンと鈴を振るような声でね……池の端（はた）に捨てられている死体のことで、銀次どのの——」

「六ッ！」

がぜん銀次の目がいなずまのように光った。

「死体が池の端に捨ててあるというのか!?」

「ヘエ、その女の話じゃ、死体はいろは茶屋のお吉らしいんで……」

「バカ野郎ッ、なぜそれを先にいわねエ……！　小袖さん、御用筋だ、また会うぜ……」

ことばを残して飛んで帰る銀次のうしろ姿を、小袖はほれぼれと見送っている……。

ところが、ヒキ六をひきつれて駆けもどった家の中には、お高祖頭巾の女の姿は消えていた。

ただ、ほのかに伽羅油（きゃらゆ）のかおりが残っているだけだ。

「六……娘の様子は？」

「姿かっこうは武家の娘でしたよ。親分のことを、銀次どの――なんていってましたからね」

「水茶屋の女の死骸と武家娘か……？」

しばらく考えていた銀次は、手早く着物を着替え、一本独鈷の博多帯をグイッと前下がりに締め上げると、壁にかけた銀みがきの十手を腰に……それから、神だなから四角な木札をとり出して、懐中に納めた。

この木札の裏には――、

〝……武家屋敷ナラビニ神社仏閣詮議出入リカッテタルベシ……〟

と、肉太に書きしるし、表には、径一寸七分の朱印がポーンと押してある――。丸の中に、むずかしい篆体文字で〝家斉〟……十一代将軍さまのご朱印だ。三年まえに、寛永寺にお成りの将軍家をうかがう浪人組を、銀次が苦心の末狼藉寸前にとり押えた。そのとき、将軍じきじきのお声がかりで、銀次は二百石どりのお旗本にとりたてられることになったが――、

「あっしア侍にはなりたくねエ。江戸の御用聞きでたくさんだ。だが、ごほうびがもらえるなら、たった一つほしいものがある。町奉行所では手の出せねエ侍屋敷や寺方のお取り調べが、自由にできるようにしてもらいてエ……」

こういった銀次のことばがいれられて、二百石のお墨付きのかわりに、下げ渡されたのがご朱印札……さればこそ、銀次は大名や旗本も恐れない。

人呼んで御朱印銀次……江戸っ子は銀次のきっぷに涙を流して喜び、大店のお嬢さんからもりっ子まで銀次の信者。そこで、小袖はいよいよ気がもめるわけ……。

そのご朱印札を懐中に――

「六ッ、池の端まで……急ぐぜ」

いうなり、ポンと飛び出したお成街道……。

上野のお山は春らんまん。おりからつきだした五ツ（八時）の鐘も、花の雲にかすんでいる……。

緋縮緬の死骸

上野黒門前を左へ曲がると、パッとまぶしいような不忍の池……。はすの葉越しに中の島弁財天の唐金の鳥居に朝日が光り、とびが一羽大きく輪を描いている……。

そののどかなけしきとはうってかわって、池の端仲町の町かどには、ゴックリと気味の悪いなまつばを飲みこむ人の輪が築かれていた。

場所は、下谷名代の錦袋円の格子前だ。

「どいたどいた……見せ物じゃねエぞ」

きまり文句をわめきながらやじうまをかき分けるヒキ六に続いて、人の輪の中にはいった御朱印銀次は、目の前に投げ出されたむざんな死骸のありさまに思わずまゆをひそめた。

春とはいえど、この薄ら寒さに、お吉が身につけているのは燃えるような緋色の長じゅばんが一枚。それも前がはだけてムッチリ盛り上がった乳ぶさが、むごたらしく春の日に照らされている。さいわい下半身のあさましさは、真新しい米俵が隠していたが、それがいっそうやじうまの好奇心をそそっているらしい。

乱れ髪をかみしめ、カッと断末魔の苦痛に見開いたひとみは、尽きせぬ恨みをこめている。女がいいだけに、なんともすごい死に顔だった。


「ひでエことをしやがる……俵につめてここまで運んだらしいな……」

つぶやきながらあたりを見まわす銀次の目に、一間余りの青竹があった。太さ二寸余り、切りたてとみえ、まだ節の間に白い粉をふいている。

「親分、あいつでかついできやがったんですね……とすると、ふたりがかりだ」

「そういうわけ……ところで、こいつを見つけたのはだれだ？」

銀次のことばに、かたわらにかたまっていた町役人たちがいっせいに顔をあげた。中から、いかにも大商人らしくデップリしたのが銀次にちかづく――

「親分、ご苦労だね」

「おや、錦袋円（きんたいえん）のだんな……お店はとんだご迷惑で……」

「まったくだよ。花見どきは書き入れだというのに、これでは商売にならない」

「いったい、いつから、お店の前へころがってるんです？」

「それは、てまえから申し上げます――」

錦袋円の主人に代わって、四十五、六の実直そうな男が前へ出た。

「あ、おまえさんは、ここの番頭さんだったね」

「ヘエ、庄八(しょうはち)と申します」

「番頭さんが、お吉の死骸(しがい)を見つけたのか？」

「いえ、はじめにこれを見つけたのは小僧の長吉なんで……ちょうど真夜中過ぎでした。ジャンジャンと打ちこむ半鐘の音に、物干しから屋根へ駆け上がってみると、東の空がまっかでした」

「吉原(なか)の火事だね？」

「ヘエ、たちまち駆けだしていく人の波で大騒ぎ。店のものもみんな起きて出ましたが、下から長吉の声で、――番頭さん、米俵が捨ててありますよ……てんで」

「なるほど、そのときは死体の顔や手は出てなかったんだね？」

「屋根から降りたときは、しっかりなわをかけて、青竹を通したままでした。いくら大火事でも、米俵を捨てていくとは、そそっかしい人もあるもんだ、いずれあわてて取りに来るだろうと、長吉とふたりで俵を軒下へ入れました」

「ところが、だれも引き取りに来ねエので、あけてみたというわけか？」

「いいえ、火事は八ツ（二時）過ぎにおさまったんで、あたしたちは二度寝しました。俵のことなどすっかり忘れていたのです。すると、明けがたになって犬がワンワンほえたてるので目がさめ、なにごとが起こったのかと外へ出てみて驚きました。――犬が七、八匹で俵を道のまんなかまでひきずり出し、俵を食い破ったところ……中から白い手がニューッと……」

庄八はそこでブルッと肩を震わせ、恐ろしそうに及び腰でお吉の死骸をながめた。

「それからわたしたち町役人が集まって、いちおう中をあらためた……」

錦袋円のあるじが話を引き継いだ――

「女の顔を知っている人があってね、やア、これはいろは茶屋のお吉だッ……というわけで、番頭が谷中の水茶屋へすっ飛んでいったんだよ」

「中をあらためたとき、死骸をいじくりまわさなかったでしょうね？」

「冗談じゃない……なわをといて、口をあけただけだ」

主人の話が終わると、お吉ののどもとをながめていたヒキ六が、銀次の耳にささやいた――

「親分、切り傷、刺し傷はありませんよ。お吉は首を絞められたんです。あごの下に大きな指のあとが二側に並んで四つずつ……背後からギューッと絞めたんですよ」

「それを俵につめて、不忍の池へ捨てるつもりでやってくると、吉原の火事騒ぎで往来がはげしくなったので、あわててほうり出して逃げた……というようなことだろう。しかし、お吉が長じゅばん一枚というのはどうした訳だろう?」

「ウワッ、やぼだね、親分――」

ヒキ六、いっぱしの通らしくにっこりと大きな口をくずす――。

「情夫か客かア知らねエが、どうせ痴話狂った末のできごとでしょうよ。あけエふとんの上で、ヤイノヤイノがこうじて人殺しになったにきまってまさア」

「そうかな……?」

銀次は薄笑いを浮かべ、町役人の背後でうそ寒そうにしてるアクの抜けた中年増(しま)に目を移した。

「おまえ、いろは茶屋のおかみだったな。たしか、さくら屋とか――」

「はい、さくら屋のお此(この)でございます」

「お吉はおまえんちのかかえか？」

「そうなんです」

「ゆうべは？」

「昼間っから出たっきりで、心配していました」

「なじみの客は？」

「さア……これといって格別……」

ことばを濁らすおかみへ、銀次はニヤッと笑いかける――。

「いろは四十八軒の谷中の水茶屋は、おかみの口がかてエのが評判だ。でなけりゃ、抹香(まっこう)くせエだんながたがよりつかねエ」

谷中、上野山下の水茶屋の上とくいは、なんといっても、寛永寺一派三十六坊の寺々をはじめ、付近に密集する寺院の僧侶(そうりょ)だ。銀次はそれを皮肉ったのだが、海と山で千年ずつを過ごしたおかみのお此は、そっぽを向いて聞こえぬふりをしている。

「六……きのどくだが、本郷から湯島をひとまわりしてきてくれ……」

「谷中、白山はいいんですかい。抹香臭いだんな筋がうんととれるなア、上野の裏が本場ですぜ」

「なアに、寺は寺だが、お目あては坊主頭じゃねエ、竹やぶだ」

「ははア、れこですね」

ヒキ六がつき出したくちびるで俵をかついだ青竹をさす……。

「親分、竹やぶはこの辺にだってゴマンとありますぜ」

「そのドングリ眼でよっく見な……こいつアお江戸じゃ珍しい孟宗竹(もうそうちく)てんだ。目黒まで行きゃ孟宗のやぶも多いが、かねやすからこちらじゃ、まず湯島近辺だけ……」

「おっと、合点……。一刻(いっとき)たア待たせませんよ」

いいのこして駆けだしていくヒキ六を見送った銀次の目が、ふっといぶかしげに光る……。

池の端から切り通しを西へあがる町かどを、スイッと曲がった女の姿……それは確かに、花色のお高祖頭巾で面を包んでいた……。

竹林の心中死体

竹町に帰った銀次が、たてつけの悪い格子戸をあけると、小袖が赤いたすきをはずしながら出てきた。

「お帰ンなさい、どうでした？」

「来てたんかい、小袖さん」

「ごあいさつねエ、あまりじゃまにしないでおくんなさいよ」

「じゃまにゃしねエが、ありがたがりもしねエぜ」

「それでけっこう……一本つけときましたよ」

「御用さいちゅうだ、酒はよしとこう」

「やっぱり、谷中のお吉さんでしたか？　あたしも二、三度、感応寺へおまいりしたとき、あの人を見たことがあるけど……」

問われるままに、銀次は池の端の様子を小袖に聞かせた。三坪足らずの庭には、ボケがちっぽけな薄桃色の花をつけている。ほかには安物のはち植えが二はち三はち……なんの飾りもない殺風景なものだが、そのかわり、真南に向いて、おてんとさまはふんだんに暖かい光を浴びせてくれる。

そのぬれ縁に座ぶとんを持ち出し、渋茶を飲みのみ粉タバコをせせる銀次と、竹ぼうきを手に掃きがいのないところを掃いている小袖……ひとさまには、うらやましい仲のよさと見えるのだが、それでいてなんのわけもないのだから、小袖がじれったがるはずだ。

およそ半刻……。日だまりがノロノロと東へ移ったところへ、またぞろヒキ六がつむじ風のように飛び込んできた。

「そうぞうしい男だよ。また伊勢屋のムク犬をけっ飛ばしたろ？　キャンキャン鳴いてるじゃねエか」

「ムク犬なんか知りませんよ。てんであっしの目にゃはいらねエ」

「いってエなにが、ヒキ六兄イをそんなに夢中にさしたんだ？」

「まア聞いておくんなさい……二、三軒寺を回ったが、孟宗（もうそう）のやぶに出っくわさねエ。すずめのお宿にもならねエような真竹のチッポケなやぶばっかりだ。そこであっしは考えましたよ。近くの植木屋へ飛び込んだ」

「はじめっからそうすればよかったのに……で、わかったかい？」

「わかりましたとも！　この近くに孟宗のやぶはねエか――と尋ねると、湯島の三光寺でしょう――といいやがる。横っ飛びに行くと、ありがてエ、まっさおな孟宗さまだ」

「ウワッ、よっぽどうれしかったな、孟宗にさまをつけてやがる」

「だがね、親分、やぶはやぶだが、そこであっしが何を見たと思います？」

ヒキガエルの六助、やけに目ン玉を光らせて、すごんだ声を出す……。

「ふん、わかってるよ。かつぎ棒のかわりにした青竹の切りっ株があったんだろう」

「ありましたよ、確かに……そのうえ、切りっ株の横っちょで、お高祖頭巾（こそずきん）の娘と三光院の納所（なっしょ）が心中していた」

「なにッ、もう一度いってみろ」

「幾度でもいいますよ……娘は、小身ながら天下のご直参、石坂岩次郎ってお旗本の妹で名まえが月江。納所は玄安って札つきのなまぐさだ」

「それが心中したのか？」

「ふたりとも懐剣でのどを突いて、仲よく向き合って倒れてまさア」

「見つけたのはだれだ？」

「住職の光然で……あっしが行ったときにゃ、兄嫁の波路というのが来ていましたよ。切り髪のいい年増でさア。三十女の後家ぶりはいろっぽい……」

「くだらねエことをいうな……じゃ、石坂某ってお旗本はなくなったのか？」

「一昨年の春、死んじまったんですって……ことし八つの小次郎ってのが表向きの当主で、後家の波路が切りまわしてるんだそうです」

「いやに詳しいね」

「寺男の六蔵ってじじいが、年がいもなくおしゃべりでね」

「ネタをもらっといて悪口はいうな……それにしても、後家さんのくるのがバカに早いようだが、住まいはどこだ」

「小石川の胸つき坂……加賀さまの赤門前を回りゃ、湯島の三光院から七、八町……ほんのひと走りでさア」

ヒキ六は、石坂の後家波路には、たいして不審をいだいていないようだ。

するとそれまで黙っていた小袖が、思い出したようにポツンといった——。

「武家の娘さんと坊さんじゃしかたがないけど、ずいぶんいろけのない相対死にだねエ。やはり、心中といえば、折り重なるのがほんとうでしょうよ。離ればなれに死ぬなんてつまらないねエ」

それを聞き流して、スックと立った銀次がポンポンとすそをたたいた。

「行ってみようか、六」

「検死なら、寺社奉行(ぶぎょう)のおかかりですよ、寺の境内ですからね……それに、お吉の一件もネタが割れてるじゃありませんか……なまっちろい玄安坊主のとり合いでさア。三ツどもえでもつれて、玄安か月江がお吉を絞め殺したんでしょう。だけど、考えてみると、どうにも逃げようがねエので、いっそあの世とやらで添いとげようと、七ツの鐘を六つ聞いて、残る一つが今生の、鐘の響きの聞き納め、月江どの覚悟はよいか？　あい、玄安さま……」

「プッ、大きなくちびるをパクパクさせて、恥ずかしげもなく、よくしゃべるぜ……じゃア聞くが、俵をかついだのは、玄安と月江かい？」

「まさかア……あの娘じゃありますまい」

「すると、片棒かついだのはだれだ？」

「なるほど……」

「感心してちゃ困るぜ……お吉が長じゅばん一枚になってたのはどうした訳だ？　月江って娘は、けさどんな気持ちでここへ来たんだ？」

「もうかんべんしてくださいよ……三光院へ行きましょう……」

　大きな目をショボショボさせて立ち上がるヒキ六……ふたりの背後から、小袖が縁起ものの切り火をカチカチと切った……。

　三光院は、湯島天神の真下……俗に大根畑と呼ばれる盛り場の北はずれで、境内は水のしたたるような孟宗竹のやぶに囲まれている。

　山門をくぐると、こいきなかっこうの寺社奉行手付き同心が、細い銀ギセルで、のんびりとタバコをくゆらしていた。

「ご出役ご苦労さまでございます」

　銀次がていねいに腰をかがめると――

「おう、銀次か……検死はいま済ませたよ」

「そうでございますか……では、ここまで来たのも因縁、ちょいと仏をおがましていただきましょう」

「アハハ……そう義理堅いものの言い方をしなくってもいい……格別のことはねエと思うが、ぞんぶんに調べてくれ。案内してやろう、死骸は納所のへやへ移したから……」

気のいい同心は、タバコをタバコ入れにしまうと、きさくに立ち上がった。

まゆの青い女

本堂と庫裡の間が玄安のへやだった。

蓮台の上に安置された薬師如来に片手おがみした銀次が、寺社同心のあとから納所のへやへはいっていくと、住職の光然と旗本後家の波路がおちつかぬ様子で、いずまいを直した。

「銀次、竹やぶから移したばかりで、湯灌はまだだよ……」

同心はそれとなく、死骸はもとのままだと教えている。

「ヘエ、じゃ……」

銀次は、二つ並んだ北まくらの間にひざをついた。——これが、けさがた竹町へたずねてきた女か……そう思うと人情で、まず月江の顔から白い布を持ち上げた。

すき通るように美しい死に顔だった。左のあご下に、ワングリ口をあけた傷口が、いたましすぎる。血はあまり胸をよごしていない。

それにひきかえ、納所の玄安の死相はすさまじかった。三角につり上げた上まぶたから、濁った三白眼がにらんでいる。二十八、九のあばたづらで、厚い下くちびるは黒ずんではれていた。胸から肩口まで、紅がらじるを浴びせたようなおびただしい血潮……二筋三筋、ぼんのくぼまで血の縞をひいている。

——心中は折り重なるのがほんとう、離ればなれなんかつまらない……。

そういった小袖のことばが、ふいっと銀次の胸によみがえった。

あまりにかけ離れた美女とぶおとこ、恋は思案の外というが、これじゃ離ればなれに死にてエだろう……。

そんなことを考えながら、玄安の死体から目をそらせた銀次は、ふっと月江の顔におおいかぶさるようにして、冷たくなった青白いほおをなでていたが、やがて、くちびるの間から、つばにぬれた紙の切れっ端をつまみ上げた。

と、銀次の様子を見つめていた光然が――

「あ、それは懐紙の端でしょう」

「ふところ紙ですかい？」

尋ねる銀次に、光然は重々しくうなずいた。

「月江どのは、懐紙をくわえて自害していたのですよ。拙僧が、それを離しましたが、キッとかみしめていたので、端が残ったものとみえますなア」

淡々と語る光然は、五十年配のあから顔、仕立ておろしの白無垢（しろむく）に十徳をつけて、首に白羽二重を巻いている。一見、堂々たる大和尚（だいおしょう）である。その横で、うつむいている波路は、紫ちりめんの被布と切り髪がよく似合うご後室姿……落としたまゆの跡が青々として、うせぬ色香を忍ばせている。

その若さを意識してか、被布のすそを開いてすわったひざ前からは、南部結城（ゆうき）

の縞がらがのぞいている。死んだ月江の物堅い衣装とは、似ても似つかぬいき好みだ。


「だんな、自害に使ったなア懐剣ですってね？」

死骸から離れた銀次が同心にたずねると――

「うん、本堂に置いてある。見るならとってこようか？」

「いえ、そちらへ参りましょう」

こんどは銀次が先に立ってへやを出た。

赤く塗った経机の上に、白紙に包んだ懐剣が二本置いてある。一つは鞘に納めてあったが、一つは抜き身のまま……。

「だんな、こちらのは鞘がありませんね？」

「いくら捜しても見つからぬ――と住職はいっている」

「光然和尚は、そのことを自分からいいましたか、それとも、だんなに尋ねられての返答ですか？」

「わしが尋ねたんだよ……それが、どうかしたか？」

物問いたげな同心の耳に、銀次は口をよせた——。

「だんな……この寺の屋根に、ペンペン草がはえるかもしれませんぜ」

「えッ、なにか不審なことでもあるのか？」

「おかしなことだらけで……まア、もうちっと待っておくんなさい」

それから銀次は庫裡(くり)をのぞいた。——六十過ぎたじいさんと、チマチマしたかわいい小僧がボンヤリすわっている。

「おまえが寺男の六蔵だな。そちらの小僧さんは？」

「ヘエ、あっしは六蔵で……これは良然さんといいますよ、銀次親分」

「おや、おれを知ってるのか？」

「いいえ、後ろの目玉のでけえ子分衆がさきほどおみえで、御朱印銀次親分の一の子分だとおっしゃいました」

六蔵じじいのおしゃべりに、ヒキガエルの六助がいやアな顔をした。

「そうかい。ひとりっきりの子分だから、まさに一の子分だよ。ときに、とっつぁん、そこいらに女のはきものはねエか？」

「三つありますよ」

「そうだろうと思った。ちょいと見せてくれ」

六蔵はげた箱をゴトゴトやっていたが、やがて、紺びろうど緒の重ねぞうりと、紅緒のげたを二足出した。一つは焦桐（こげぎり）、もう一つはいきな黒塗りだ。

「とっつぁんに聞くが、このはきものの主はだれだ？」

「一つだけしか知りませんよ。紅緒の焦桐はなくなった石坂のお嬢さんので……一刻半（いっときはん）ほどまえに、このげたをはいて、本堂の横をウロウロしている姿を見かけました」

「切り髪の奥方のは？」

「さア、あのおかた、いつおみえになったのか、あたしゃ知らないので――」

「じゃ、良然さん、おまえは知ってるだろう」

「いいえ、あたくしも存じません」

小坊主の良然は、はっきり答えた。

「すると、竹やぶの心中を石坂の屋敷に知らせたのはだれだ？」

こんどは六蔵も良然も答えない。ふたりとも、あたしじゃないといいたげな顔をしている。

「まさか、寺男がいるのに、住職が自分で飛んでいくようなことはあるまいな？」

「ないと思いますよ。ほかの使い走りはあたしの役目なんで……」

それだけ聞いて、銀次は同心を振り返った。

「だんな、いよいよいやな雲行きですぜ」

ふたたび納所のへやへとって返すと、光然と波路の前へズーイッと近づいた銀次が――

「おれア竹町の銀次だ。ふたりともはっきり返答しなきゃ、お上のお慈悲はねえぞッ！」

歯切れのいい啖呵をポンと投げつける。すると、波路が青いまゆをキッとさかだてた。

「慮外なッ！　小身なりとも直参の内室、町方御用聞きの詮議は許しませぬ。ましてやここは寺社奉行お支配の三光院――」

「どっこい、そのせりふはおれにゃ通らねエ。八百八町お出入りかっての御朱印銀次だ！」

ことばと同時に、グイとつき出す木札には、赤い印肉で、丸に〝家斉〟——。

悪縁吉原火事

疑いもなきご朱印に、サッと顔色を変える光然と波路——。すかさず銀次の第三声だ——。

「マンずご新造、そのキザな紫色の上っぱりを脱いでもらおうか……」

「えッ、こッ、この被布を！」

「脱げめえ！　下から出るなア武家に似合わぬ結城の縞がら……。そのえりもとを調べりゃ、黒繻子の掛けえりをはいだあとがあるはず」

「な、なんでそのようなものが……」

「だめだ。ネタア割れてる……ゆうべ夜中まえに、おまえさんは和尚のへやで、いろは茶屋のお吉とつかみあい、男をとられた恨みに狂うお吉に着物を引き裂かれた……なんと、光然さん、ちげエはねエだろう」

「めッ、めっそうなッ。拙僧はお吉などという女は知らぬ」

あわてて泳ぐように手を振る住職の光然、顔色はなくなっている。

「いけねエよ、庫裡にある女のはきものが承知しねエ。紺鼻緒の重ねぞうりは、赤い信女が寺へ忍ぶはきものだ。ところで、残る紅緒の黒塗りは、水茶屋女の素足にピッタリ……」

「ソッ、それがまことなら、お吉とやらは納所の玄安のところへ……」

「死人に口なし……玄安に女犯（にょぼん）の罪をひっかぶせようとは太い了見だぜ。波路ともみ合うお吉の背から、おまえはその手で、グイッと絞めた……」

「待ってくれッ！　むちゃくちゃだッ！」

「殺したお吉の着物を波路に着せ、かわいそうに、お吉は長じゅばん一枚で米俵へ……そいつをおまえと玄安でかついだ。どうせ玄安もなまぐさよ。おめえたア一つ穴ののズク入（にゅう）だ」

「違う！　違う……拙僧がもしさようなことをしたとすれば、俵などへ詰めず、裏の墓へ埋めるはず……」

「ところが、寺男の六蔵ってじゃま者がいる。墓場を掘り返せば、――はアて、こんな新墓（にいばか）はなかったはず……と六蔵じいが首をひねらア……それがこわさにやみ夜をさいわい、スタコラサッサと切り通しをかついでいった。だがよ、光然さん、悪いこたアできねエなア。思いもかけねエ吉原の大火事で、ドッと流れる人の波……不忍（しのばず）の池（いけ）へも捨て切れねエで、錦袋円の店先におっぽり出して逃げてきた。このとき、てんびん棒がわりの青竹を残してきたのはまずかったぜ。三光院名物の孟宗竹（もうそうちく）。足はつかアね」

「そ、それなら、玄安と月江はなぜ相対死したのだッ？」

「ウッフ……相対死じゃねエよ」

　これには、ボンヤリ銀次の啖呵（たんか）に聞きほれていたヒキ六と寺社同心も飛び上がった。

「だんな……月江という娘は、家を思い、兄嫁をかばおうとしたばっかりに、命を落としたんですぜ。けさ、あっしの家へ相談に来たが、ひと足違いで会えなかった。そのため、あの娘は殺されたんですよ」

「ほんとうか、銀次!?」

「この死に顔を見てやっておくんなせエ。あっしが孟宗竹に目をつけたと知った月江は、兄嫁を逃がそうとこの寺へ駆けつけた。その優しさを踏みにじって、光然と波路は月江を殺した」

「う、うそだッ！」

わめきたてる光然へ、

「やかましいッ！　月江がかんでいた紙っ切れを、うぬア懐紙といいやがった、おい、光然さん、懐紙といやア鳥の子紙ときまってる。ところが、月江の口にあったのは、美濃(みの)の障子紙だったぜ」

「…………」

「グウともいえめエ……そのうえ、目から下のおしろいだけはげている。おめエたちは、当て身で月江を気絶させたうえ、障子紙をぬらして月江の鼻と口をふさいで殺したんだ。はじめは、ふたりの仲を知っている月江をばらして、頓死(とんし)とでもいうつもりだったのさ。さて、よくよく考えてみると、お吉殺しの足がつきそうだ。それに、欲のふけエ玄安坊主もじゃまになる。いっそ玄安も殺して、相対死と見せかけ、お吉殺しもおっかぶせようと考えた……玄安を押えつけて、波路の懐剣で刺したろう。血の流れ方、鞘(さや)のねえこと、筋書きゃはっきりわかってる

「——」

「ちくしょうッ！」

悪鬼の形相でパッと飛び上がった光然。同時に波路がすそをけちらして逃げだす。

「六ッ、女を逃がすなッ！」

「合点！　御用だッ」

ヒキ六がピョーンと波路に飛びついたときには、銀次の早なわが光然の右手をキリリッと背後につり上げていた……。

＊　＊　＊

「この辺だね、親分、なまぐさ坊主がふたりで、エッチラ、オッチラ俵を運んできたのは……」

光然と波路を寺社同心に渡して三光院を出た銀次とヒキ六が、切り通しから池の端(はた)へかかったとき、モッソリつぶやいたヒキ六……。

それに答えず、銀次はニヤリッとほほえんでヒキ六の顔を見た——。

「六……小袖のやつ、なかなかいいことをいったぜ、相対死なら折り重なってる――とさ……いいカンだ。六兄イのお手本だよ」

「おやッ、いやに肩を持つじゃありませんか……さては、そろそろ小袖ねえさんの情にほだされなすったたね」

「バカ野郎、それと話は別だアね……」

ニンマリ笑った銀次の耳に、上野のお山で花に浮かれる歌声が聞こえてくる……。

第二話　恋の隠し戸

からむ細ひも

「——おや、親分……」

本願寺前まで用たしに出かけた御朱印銀次が、子分のヒキ六とバカッ話をしながら夜霧の新堀端を鳥越に渡ろうとしたとき、出会いがしらに声をかけたのが、蔵前のお茶屋から帰りの竹町芸者小袖……。

声と同時にヒキ六を押しのけて、銀次の横にピタリッと食いさがった。こうなったら、雷さまが鳴っても離れるような小袖じゃない。

ヒキ六こそいいつらの皮、きめこんだヤゾウを持て余しぎみに、ふたりのあとから、小石をけとばしながらついていく……。

こんな道行きを、真昼間に見せつけたら、下谷・浅草・神田三郷には、新造っ子の一揆がおこったかもしれぬが、さいわい夜。それに、いきな春の夜霧が、あたりをとり巻いていた。

「ねえさん、そこんとこを左にまがると近道ですぜ……」

鳥越明神の鳥居を目の先にながめてヒキ六が声をかけると――

「ちっ、気のきかない兄イさんだよ。夜道に日は暮れないやね。教えることをかいて、近道はやぼだよ」

蔵前のだんな衆に飲まされてきた小袖は、艶なながし目でキッとヒキ六をにらむ。

「エヘヘ……こちらへ行ったほうが仕舞屋続きで、こうふけては人通りのあるはずはなし、おふたりさんにはつごうがよかろうと存じやしてね」

「バカ野郎、つまらねエせりふはやめにしな」

銀次は苦笑いをしたが、小袖はなまめかしくからだをくの字にして喜んだ。

「おや、六さん、あした一杯買うよ……おまえさん、案外すみに置けません……」

よろりっと千鳥足で左へ切れる。しかたなく、銀次もそれに続いた。――なるほど、静まり返った元鳥越の裏町だ。柴垣、築地、船板べいが続いている。

いずれ、大商人の隠居所か風流人の住まい、でなければ、色好みな殿様のご休息所といったたぐいであろう……。

霧に流れてくる漏れ灯の色は、おだやかなものあり、はなやいだもののあり……。

「いいねエ、親分こんなところで、しんみり話してみたいねエ」

「おあいにくだが、おれは生まれつきガサツなほうだ。隣近所が鼻っ先に立ちふさがってるようなところでねエと飯がうまくねエ」

「オホホ……実は、あたしもそのほうがいいのさ。格子づくりにご神灯でね……」

一も二もなく銀次のことばに従う小袖のすなおさに、ヒキ六が舌打ちをした。

「ちえッ、ねえさん、だらしがねエよ」

「はばかりさま、あたしゃ親分しだいでござんすよ。なんだい、こんな家、おつに構えても、中でどんなことがあるか知れたもんじゃない」

と、そのとき――、

「――だっ、だれか来て――ッ！」

けたたましい悲鳴が聞こえるのと、すぐ左側の木戸から黒い影が飛び出すのとがいっしょだった。

黒い影は、三人の姿にギョッと立ちすくむと、パッとすそを翻して霧の中へ駆け込んでいく。

「六ッ、追えッ」

「合点！」

あごをつン出して影を追うヒキ六……。

「おつに構えても、中でなにがあるかわからない……か。お袖さん、悪いつじうらだぜ」

銀次は小袖を振り返ってニヤリと薄笑いを浮かべてから、あけ放したままの木戸をくぐった。

そのあとから、何を思ったか、小袖もソッとはいっていく……。

築山（つきやま）・泉水・雪見灯籠（どうろう）と、法にかなった庭があって、その向こうが座敷。明るいあかりのあふれる障子をあけ広げた縁側で、四十五、六の大年増（おおどしま）が、恥も外聞もなく、ジダンダを踏んで、だれか来て……とどなり続けていた。

「どうしたんだ。おれア竹町の銀次って御用聞きだが……」

銀次が十手の朱ぶさをのぞかせると、女は気が抜けたように、ペタリと縁側へしりを落とした。

「あっ、ご、ご朱印の親分！　だんなが……伊豆長（いずちょう）のだんなが……」

「おう、ここア伊豆屋長兵衛（ちょうべえ）さんの住まいか……」

そういいながら、銀次は女の指さす座敷へ飛びこんだ。

凝った造作の長十畳、まんなかに敷いたぜいたくな夜具から、皮膚のたるんだ年寄りが、三白眼で天井をにらんでいる。その首に、からすへびのようにからんでいるのは、男物の前掛けのひもだ。

「いけねエ！　絞め殺されたんか……」

銀次は長兵衛のそばにかけよって、グッとふとんをはいだが――、

「おいッ、医者だッ。近くに医者はねエかッ」

「ひえッ！　だっ、だんなは？」

「うまくすりゃ生き返る。とにかく医者だ」

「明神さまの横に、小田切の若さまが……」

「医者じゃねエのか！」

「いえ、お旗本のご次男で長崎帰りの……」

「オランダ医者か、すぐ呼んできな」

ふるえる足を踏みしめて、ようやく立ち上がった女に——

「ちょっと待ちな。おめエの名は？」

「はい、お条と申します。お嬢さまの乳母で……」

「よし、わかった……」

話しながら長兵衛の首からひもをはずした銀次は、出ていくお条を振りむきもせず、老人のからだをひざへかかえ起こして、胸を撫で上げなでおろし、急場の手当におおわらわだった。

長じゅばんの娘

「親分、そのお年寄りは助かるんですか？」
不意に声をかけられて——

「あ、お袖さん、おめエまだいたのか？」

さすがの銀次も、あきれて介抱の手を止めた。

「だって、ひとりで帰るのは気味が悪いじゃありませんか」

「ウフッ、夜道がこわいご人体にゃ見えねエが、こんなところは見ねえほうがいいぜ」

「もう見てしまいましたよ、前掛けのひもが、首を二巻きしてるところまで……」

「おっと、うっかりしていた……」

思い出したように、また長兵衛の胸をなでる銀次に——、

「親分、ここの娘さんはどうしたんでしょうね？」

「そうだ……お粂って女は、娘の乳母（うば）だといっていたが……」

「おかしいじゃありませんか、この騒ぎに出てこないなんて……ちょいと、ほかの座敷を見てきましょうか」

早くもつまを帯にはさむ小袖の様子に——

「待った！　おめエにまちがいがあっちゃならねエ、おれが見てこよう」

「だいじょうぶですよ、親分……下手人はヒキ六の兄イさんが追っかけてるじゃありませんか……親分はお年寄りを助けてあげてくださいな」

さきほどまでのあだな酔いっぷりはどこへやら、小袖はキリリッとつまをかかげて縁側を渡っていく……すこしも物おじせず、しかもスキのない身のこなしだ。これは武術ではない。芸一本でみがき上げた、意気と張りが看板の江戸芸者――自然に備わる鉄火の貫禄（かんろく）だろう……。

しばらくすると、長兵衛がフーッと大きく息を吐いた。

「おッ、気がつきましたかえ？」

その声に、パッチリ目を開いた長兵衛は、ワナワナとくちびるを震わせた。

「ありがてエ！　もう心配はいりませんぜ。こんなむごいことをしたやつに、心当たりがあったらいっておくんなさい」

銀次は、静かに長兵衛を横たえたが、老人は目をみはって、恐ろしそうにくちびるをふるわすばかりだ。

「安心しなせえ。あっしゃ御用聞きの御朱印銀次だ。いったいだれがやったんですい？」

　すると、うしろから消え入るような声で、

「あの……伯父は、中気でものがいえません……」

　驚いて振り返った銀次の目の前に、パッと緋牡丹を咲かせたように、長じゅばん一枚の娘が、障子の陰にうずくまっていた。

「おめエは？」

「伊豆屋の養い娘で、お蝶と申します」

「お粂は、おめエの乳母か？」

「はい、幼いときから、にいさんといっしょに引き取られ、お粂に育てられました」

「ご覧のとおりだ。長兵衛さんは危うくあの世へ送られるところだったが、下手人に心当たりは？」

「別に……伯父は、伊豆屋の仏長兵衛といわれたほどです。人さまから恨まれるはずはございません」

　そのとき、縁側に足音を乱しながら、若い男が駆け込んできた。うしろに、小袖がついている。

「あッ、にいさん！」

お蝶から声をかけられると、若い男はガックリひざをついた。

「ご覧よ……あたしゃうそをつきゃしなかっただろ……ねエ、親分、この人はあたしを、女どろぼうとまちがえたんですよ」

「そっ、それは……ハッと目をさますと、まくらもとにこのねえさんが立っていたので、びっくりしてしまったのですよ、親分」

銀次はそれを聞き流して、ジロリと男の風体をながめた。

「おめエ、お蝶さんの兄か？」

「へエ、友三郎で……」

「いつも、昼間の着物に角帯を締めて寝るんかい？　大家の養子にしちゃ、しつけが悪いぜ」

「こ、これは、すこしばかり酔っていましたので、ついごろ寝をしたのですよ」

「ちょっとじゃあるまい、相当酔ってたんだろう。現在親代わりの伯父が殺されかけてるのに、気がつかなかったんだから……」

「――あいすみません……」

「おれにあやまるこたアねエよ。長兵衛さんにあやまんな……ときに、この前掛けはだれんだ？」

銀次がさきほどの前掛けを広げてみせると、

「――あたくしので……」

友三郎が首をかしげながら答えた。

「この前掛けのひもで、長兵衛さんの首を絞めたんだ」

「げッ！　おッ、親分ッ、それは、ひと月ほどまえになくなったんですよッ」

友三郎がわめくようにいったとき、ヒキ六がボンヤリ裏口からはいってきた。

それとほとんど同時に、お粂が若い侍を案内して表から帰ってくる。


「――親分、すんません……」

頭をかくヒキ六へ、銀次は苦笑いをしながら首を振った――。

「わかってる。逃がしたんだろう……どんなやつか、見当くらいつかねエか？」

「それが、なんかで顔を包んでやがって、おそろしく足がはえエ……そのうえ、あの霧でさア、みみずくだって、あの男の顔はわからねエ」

看板どおり、ヒキガエルのような口をパクパクさせて、むだなおしゃべりが始まりそうなので、銀次は、わかった……とうなずいて、若侍のほうへ顔を向けた。

「親分のおかげで、老人は命拾いをしたよ」

「小田切の若さまで……」

「うン、新十郎だ。蘭法医学をいささか学んでいる。老人は、今宵の驚きで、ひどく心の臓が弱っているようだ。さいわい秘薬を存じているから、調合してのちほど飲ませることにしよう」

そういって新十郎は立ち上がった。色は浅黒いが、なかなかいい男ぶりだ。総髪にした姿も、いかにも蘭法医らしい風格がある。

「友三郎殿、お蝶殿もやすまれたがよい。中気の病人は、静かに寝させるのが第一だ」

声をかけられて、長じゅばん姿のお蝶が、身の置きどころもないように肩をすくめる。

「薄着はいかんなア、お蝶殿。今夜は明けがたから冷えそうだ。暖かくしてやすむがよい……ときに、親分も引きあげてほしいが……」

「ヘエ、あっしゃまだ……」

「いや、拙者は医者として、病人のためにお願いするのだ。それに、下手人が逃げてはどうにもしかたがあるまい」

そのことばに、銀次もしぶしぶ腰をあげた。

やぼな銀次

はいったときと反対に、裏口へ出ると、三味線堀沿い（しゃみせんぼり）の片側町で、静かに夜がふけていた。霧はいよいよ濃くなっている。

「親分、さきほどはすまなかったな」

いっしょに出た新十郎が、突然こういった。小袖やヒキ六のいる前で、ていねいに銀次へ腰をまげている。いかにもサッパリした態度だが、かりにも天下の旗本（はたもと）の次男が、町方御用聞きに頭を下げるとはがてんがいかない。

「ヘッヘッヘ……なにかワケがあるんですかい！」

「ウン、実は——かねがね、こんなことにならぬかと心配していたのだよ」

「と、おっしゃると、伊豆屋とは、よほどおつきあいが深うござんすね？」

「お蝶の婿に望まれているよ」

新十郎が意外なことをいいだした。

「伊豆屋と拙者は、年齢は違うが、よい碁がたきだ。かれは病身なので、日本橋の店を番頭にまかせて、鳥越で隠居暮らしをしている。拙者も長崎から帰って以来ひまだ。毎日のように烏鷺を戦わせているうちに、お蝶の話が出た。伊豆屋の財産を二ツに割って、お蝶の持参金にするから、蘭法医の玄関を大きくはれという」

「けっこうなお話ですな」

「ところがけっこうではない。兄の友三郎が放蕩無頼だ。ほうっておけば、財産の分けまえを使いはたし、のれんに傷をつけるにちがいない。お蝶の婿になれば、それを黙って見ているわけにはいかない。つまり、拙者は金と女で伊豆屋の心張り棒にされるのだ」

「そんなものでござんすかねエ」

「もう一つ悪いことがある。あの家の隣に河原崎(かわらざき)三五郎が住んでいる」

「あ！　両国に出ている小しばいの座長ですね」

「うン、若いが腕はよいそうだな……その三五郎に姉があった。お三輪といったが、これが友三郎におもちゃにされて捨てられ、狂い死にに死んでしまった」

「するてエと、河原崎の太夫(たゆう)は、伊豆屋を恨んでいることでしょうね」

「ふくしゅうのおりをねらっているのだ。そこで、伊豆屋としては、三五郎の手出しができぬ身内がほしい。拙者は微禄(びろく)ながら直参だ。医術を学んではいるが、剣のほうも覚えがある」

「なるほど、お旗本のご威光で、掛けしばいの太夫を押えつけようてンですね」

「拙者がいくらバカでも、お蝶との縁組みを考えざるをえない」

「ごもっともで……」

「その返事をせぬうちに、長兵衛が中風で倒れた……わかるかな、親分？」

　話しながら歩くうちに、甚内橋(じんないばし)へ出た。新十郎はここから東へ、鳥越明神横へ帰っていく。銀次たちは橋を渡って竹町へ行くのだ。

「あの侍の話と、今夜の一件は、どんなつながりがあるんですい、親分?」

三人きりになると、さっそくヒキ六が尋ねた。

「さアてねエ、長兵衛を絞めそこなった下手人が、あの話から割り出せるとすると……」

銀次は腕を組んでゆっくり歩いていたが、

「お袖さん……おめエ、友三郎のへやへはいったのか?」

「ええ、娘さんを捜して、あちらこちらのぞいて歩いたんですよ。築山のかげになった八畳がお蝶さんのへや……ところが、赤いおふとんが敷きっぱなしで娘さんの姿は見えない。はて、隣のへやかしら……こう思ってふすまをあけると、あの人が、ピョーンと飛び上がって起きたんですよ」

「寝起きはどうだった?」

「オホホ……あたしゃ毎晩のように酔っぱらいを看病させられていますからハッキリいえるんですけど、友の字はほんとうに酔っていたと思いますよ」

「ふーン、すると、別口に当たらねばならねエかな」

「おや、親分は友の字を疑ってたんですかえ?」

「ヒキ六をマイて、うぬのへやへ逃げこみ、寝たふりをできねエものでもねエとね……あの前掛けは友三郎のだ。もっとも、ワザワザ自分の手証(てがた)を残していくとも思われねエが、あわてたはずみということもある。お粂の金切り声には、たいていのやつが驚くだろう」

「それより、親分、あたしゃちょいと不思議なんですがね。あの騒ぎの間、お蝶さんはどこへ行ってたんでしょう」

「エヘヘ……ねえさん、出ものはれものの始末は、乙姫(おとひめ)さまでもなさるんですぜ」

ヒキ六がいやらしくニタリと口もとをくずすと、小袖は癇性(かんしょう)らしくまゆをよせて——、

「いやだよ。六さん、それにしては長すぎるじゃないか。お蝶さんはどのへやにも見えなかった。いい新造が、まさか押し入れで寝てるはずもなし……ねエ親分、女が長じゅばん一枚で行けるところはどこでしょうかねエ?」

「うン、どこだろう?」

「やぼな親分。だからあたしゃじれったいのさ……もしも、あたしが長じゅばん一枚になるとしたら、たったひとりのほかには、だれにも見せませんよ」

「ヨウヨウ！　ここにひとり者がくっついてますぜ」

ヒキ六のトンキョウな声に――、

「バカ……とにかく、あすもう一度、鳥越を洗ってみるとしよう」

ところが、そのあくる朝。

ふとんの中から、キセルのガン首にタバコ盆をひっかけた御朱印銀次のまくらもとへ、

「親分！　伊豆長が殺されたッ」

糸の切れたやっこだこのように、ヒキ六がキリキリ舞いをして飛び込んできた。

花菱の太夫

銀次とヒキ六が鳥越へ駆けつけたときには、もう第六天の御用聞き武蔵屋藤吉

が出張って、裏表ともに、張りきった藤吉の子分が十手でかためていた。

しかも、長兵衛殺しの下手人として、隣の河原崎三五郎をおなわにしたという……。

「武蔵屋の兄貴、こんどはえらくおてがらだったなア」

「おう、竹町の……ゆうべはおめエがここを通り合わせたんだってなア。せっかく手をつけたところを、横っちょからかっさらうようで気がさすが、こいつアおれに勝ち名のりをあげさせてもらいてエ」

「念には及ばねエ。おれがうっかりしていたばかりに、伊豆屋がやられたようなものだ。かえっておめエに礼をいわにゃならねエ……で、三五郎をあげたキッカケは？」

「それにはまず、お粂の話から聞いてみるがいい……」

藤吉の子分に連れてこられたお粂は、ワッとその場に泣きくずれた。

「御朱印の親分さん、ゆうべせっかく助けていただきましたのに……だんなのお命はふたときとはもちませんでしたよ」

「とんだことだったなア。第六天の親分にすっかり申し上げたことだろうが、おれもかかり合いで、わけが知りてエ……」

「はい、それが、こうなんでございますよ」

涙とともに語るお粂の話は、実に奇怪をきわめたものであった。


小田切新十郎と銀次たち三人が引きあげてから、やがてふたとき（四時間）になろうとするころ、表戸をホトホトとたたく音が聞こえた。

友三郎やお蝶はあかりを消して寝入っていたが、お粂は新十郎が薬を届けてくれると思うから、納戸(なんど)でつくろい物などをして待っていたのだ。

表戸の音に、ソッと入り口まで出て格子(こうし)の向こうを見ると、宗十郎頭巾(ずきん)をまぶかにかぶった侍が立っている。

「新十郎さまでございますか？」

「うン、薬を持ってまいった。調合に手間どってのう……」

いつもの声とは違っていたが、頭巾のせいだと思ったお粂は、なんの疑いもいだかず表戸をあけた。

「奥にはだれか付き添っているか？」

「いいえ、若だんなもお嬢さまもおやすみで」

「では、薬は拙者が飲ませる。白湯を持ってきてくれ」

お粂が勝手もとへ行こうとすると――、

「あ、湯かげんがむずかしい。人はだ……よいか、人はだの暖かさにしてきてくれ。拙者は座敷で待っている」

新十郎は頭巾を脱がず、そのままひとりで奥へ通った。

それからしばらくして、ようやく人はだかげんの白湯をわかしたお粂が、湯飲みについでいると、また表をたたく音がした。

あわてて入り口へ出たお粂は、ギョッと息をのんだ。――戸の外に、新十郎が立っているのだ。

「おそくなった。ようやく薬を練り上げたよ。これを長兵衛殿に飲ませてくれ」

薬の包みを差し出す新十郎は、いつもの声だし、頭巾などかぶっていないので、まちがうはずはなかった。それでもお粂は――、

「あの……、人はだかげんの白湯ができておりますが……」

といってみた。

「そんなものはいらん。水でけっこう……」

そこでお条は、はじめてさっきのがにせの新十郎と気づいた。

「新十郎さまにワケを話して、奥へ来てみますと……」

「真新しい白柄(しろつか)の九寸五分が、伊豆長ののどにつっ立ってたんだ」

藤吉がお条のことばを補った。

「はじめの新十郎を、おかしいとは思わなかったのか?」

「夜中過ぎから冷えましたので、頭巾をかぶっておいでになったと思いましたよ。あとで考えると、声も含み声ですし、背が少し高かったようで……もっと早く気がつけばよかったのですけど……」

お条は、自分のしくじりから大事が起こったと、オロオロしている。

「武蔵屋の兄貴、こんどは河原崎の太夫をあげたわけを話してくんな……姉のお三輪のしかえしのためかえ?」

「それだけじゃねエ。お蝶とできてるんだ」

「ほう、そいつア初耳だ」

「実は、新十郎さんからいろいろ話を聞いてみると、どうも三五郎が臭い。野郎、姉のかたきを討つつもりで、身動きのならねエ伊豆屋を殺したな……そう思ってるところへ、子分が裏木戸から手ぬぐいを一本拾ってきた。これだよ」

藤吉が懐中から取り出したのは、白地に花菱（はなびし）のしばい紋が染め抜いてあり、ベットリ黄色い絵の具がついている。

「花菱は三五郎の紋だ。それから、その黄色いのは、しばいの顔をつくるときに使う砥粉（とのこ）だよ。三五郎のやつ、なまっちろい顔を宗十郎頭巾と霧でかくすつもりだったが、それでも気になる。そこで、砥粉を顔に塗り、色の浅黒い新十郎に化けやがった。そこで、有無をいわさずしょっぴいてみた。すると、新十郎よりちょいと背が高い。お粂のことばどおりだ。ところが、驚いたことに、おなわにかけた三五郎を見ると、お蝶が目をまわしてひっくり返った。できてたんだよ」

「で、兄貴はどう読んだ？」

「わけはねエ。伊豆屋は、新十郎をお蝶の婿にするつもりだ。かわいい女を人手にわたさぬため、まず宵（よい）の口に忍びこんで前掛けのひもで絞めた。このときは、お蝶の兄の友三郎に罪をかぶせるつもりだったのさ。それをやりそこなったので、こんどはにせ新十郎のひと幕を打った」

「なるほど、筋がとおっている……じゃ、おれも因縁のある仏だ。ちょいと拝ませてもらうぜ……」

奥へ通ると、ゆうべのままのふとんの上に、伊豆屋長兵衛がのどをえぐられて息絶えていた。死体を守っているのは、友三郎と新十郎、それに、日本橋から駆けつけた老番頭の佐平。お蝶は寝かされているのか、姿が見えない。

銀次を見ると、友三郎はハッと顔を伏せ、新十郎は重々しく二、三度うなずいた。

……みごとな傷口だった。たったひと刺し、長兵衛はうめき声も出せなかったであろう。

ふと庭を見ると、雪見灯籠の足に、見るからにひよわい優男が後ろ手にしばられている。

……それが、河原崎三五郎だった。

女の心意気

しばらく、死体のそばにすわり込んでいた銀次が、ふっと顔を上げると、目顔で番頭の佐平を呼び出した。背後からヒキ六が、忠実な犬のようについてくる。

「おい、六兄イ……」

銀次がなにごとかささやくと、ヒキ六が驚きのまゆをあげたが、やがて、十手を握りしめて裏木戸から飛び出していった。

「番頭さん、人ひとりの命にかかわることだ、かくさずいってもらいてエ」

「ヘエ、けっしてお手数はかけません」

「そうかい……じゃ聞くが、友三郎は伊豆屋の身代を、どれくらいすり減らしたかえ？」

「お、親分さん？」

「まさか、半分は使っちゃいまい」

「とんでもない。遊びや米相場で、ざっと三千両余り……それでも、伊豆屋の身代から見れば、屋台が傾くほどのことではございません」

「それを、仏は知っていたのか？」

「ご存じでした。ほかに身内はなし、使うだけ使えば目がさめるじゃろう……いつもそういっておいででしたよ」

　そこへヒキ六が、息をはずませて帰ってきた。

「ありましたぜ、親分。こちらから見たんじゃなかなかわからねエが、あっちから見るとはっきりしている」

「場所は？」

「あの築山（つきやま）のちょうどまうしろあたりでさア」

　それだけ聞くと、銀次は庭げたをつっかけて、ツカツカと三五郎のそばへ寄った。

「太夫（たゆう）、とんだ災難だなア」

「へエ、申しわけございません。どうぞぞんぶんにおしおきをお願いいたします」

「おや、おめエさん、伊豆長を殺したといいなさるのかえ？」

「ヘエ、ついカッとして……」

「アハハ……バカをいっちゃいけねエ」

いいながら銀次は、三五郎のうしろへ回ってなわをといた。

「あッ、もうし親分！」

三五郎も驚いたが、もっと驚いたのが武蔵屋藤吉だ。

「竹町ッ、出すぎたことをするなッ」

バラバラと駆け寄る藤吉、新十郎もおっとり刀で近づいてくる。

「兄貴、悪く思わんでくれ。おめエにしくじりをさせたくねエのだよ」

「三五郎は下手人じゃねエというのか？」

「違う……太夫は、友三郎の罪をひっかぶるつもりで、覚悟しているんだ」

「親分、あたくしでござります。あたくしが刺したんで……友さんではござんせん」

しどろもどろな三五郎のことばを、なだめるように銀次が押えた。

「あわてちゃいけねエ。もし友三郎も下手人じゃなかったら、太夫はどうしなさる」

「えッ！　と、友さんが……」

「太夫は、友三郎が伊豆屋の財産をかって気ままに使うために、大恩ある長兵衛を殺したと思った。いとしいお蝶の兄だ。とんだ男気を出して下手人を買って出たが、友三郎はそのころ、おおいびきをかいて寝込んでいた。伊豆屋を殺したなア友じゃねエよ」

三五郎の顔がポーッと赤くなったが、藤吉は承知しない。

「竹町、木戸の外で拾った手ぬぐいはどうなるんだ」

「それこそ太夫の潔白を証拠だてるものだぜ。人殺しをした現場で、せっかく人相をかえた砥粉をゴシゴシ落とすなんてトンマが話があるもんか……だいいち、もし太夫がここから逃げ出すなら、木戸なんか通りゃしねエ。ほれ、あの築山の陰を見な」

いわれて藤吉が顔をあげると、隣と境のへいぎわにいたヒキ六が、気どった手つきでへいの一部を押した。すると、そこがポッカリ小さな口をあける。くぐり戸になっているのだ。

「恋の通い路、胎内くぐり、太夫、いきなものをつくったねエ……」

その声に、どこかでピシャリと障子の締まる音がする。——お蝶だ。すき見をしていたが、秘めた恋の道を見破られた恥ずかしさに、思わず障子を閉ざしたのであろう。

「武蔵屋の兄貴、もし太夫がだれにも見られず伊豆屋を殺したのなら、すばやくくぐり戸からフケちゃうはずじゃねエだろうか……木戸の外に手ぬぐいのあったのは、恋の隠し戸を知らねエ下手人が、太夫に罪を着せるため、わざと砥粉まみれの手ぬぐいを捨てていったのよ」

「じゃ、下手人はだれだッ?」

「たとえどんな霧の夜でも、よしんば頭巾で面を包んでいようとも、見なれたお条の目をごまかしきれるお役者はザラにゃねエよ。いちばんやりやすいなア、小田切の若さまが自分で自分に化けることとよ」

「ぶッ、無礼ッ！　拙者が伊豆屋を殺したと申すかッ」

いきりたつ新十郎の声を、さもおかしげに銀次がせせら笑った。

「ねらった伊豆屋との縁組みは、長兵衛の中気であやふやになる。当のお蝶はいつの間にか太夫といい仲だ。そのうえ友三郎は米相場に凝って身代にヤスリをかけている。今のうちになんとかしなきゃ、女も金も両方ともフイトコだ。伊豆長を殺して、主人の遺言をたてに、むりやりお蝶の婿になろうとした魂胆。ついでに恋がたきをなわつきにしようたア、いかにも貧乏旗本の次男坊らしいしみったれた了見だ」

「黙れッ、天下の直参に対して悪口雑言、無礼打ちだッ」

「どっこい、江戸八百八丁ご詮議かっての御朱印銀次だ。神妙にしろッ」

「うぬッ！」

ピューッと風を切る大刀。ヒラリとそれをくぐって——、

「おう、その手なみだ。町人や役者衆には、ああはみごとにのどは切れねエ……六ッ！」

おう！　と答えてヒキ六が新十郎の背後から組みついたときには、銀次の手からスルスルと伸びた方円流の早なわが、もののみごとに新十郎の右手首に巻きついていた。

＊　＊　＊

その捕物（とりもの）の帰り道、柳原の土手で――、

「親分、わからねエ……あの隠し戸をどうして見破りなすった？」

「それを尋ねられると恥ずかしい。ありゃ小袖のてがらだよ」

「えッ、ねえさんの？」

「うン――女が長じゅばん一枚でどこへ行ける……そういいやがった。なるほど、考えてみりゃ、いとし恋しい男のところへ行くときだけだよ。ところで、お蝶は三五郎とできているという。いくら近くても、裏木戸を出て隣の木戸まで、天下の往来を長じゅばんで歩きゃしまい。ましてや女だてらに、へいを乗り越えるはずもねエ。そこでかんげエた。長兵衛や友三郎、お粂の目を盗んで隣へ通う恋の隠し戸があるにちがいねエとな……それが太夫のぬれぎぬをかわかして新十郎をひっくくる手づるになったんだ」

「ふーン、長じゅばん一枚がねエ！　なるほど、こいつア女でなければ気がつかねエ」

「また小袖に借りができたぜ」

「いっそ御朱印のあねごにしちまったらどうです」

「いけねエ、御用聞きに女房があっちゃ捕物の勢いが抜けらア」

むっつり口をつぐむ銀次の髷先（まげさき）を、美しくのびた柳の新芽がなでていた。

第三話　ふりそで女形（おやま）

長じゅばんの水死人

「おや！　親分、どちらへ」

　十手をふところにのんだ銀次が、きおいこんで格子戸（こうしど）をあけた出会いがしら……目の前に、あじさいのようにはでな色彩が、パッと開いた。

　八百八丁ご詮議（せんぎ）かっての御朱印銀次に、たったひとりの苦手、竹町芸者の立花家小袖（こそで）だ。

　いつもは、めすねこ一匹銀次に近づけたがらない小袖が、どうした風の吹きまわしか、えくぼのかわいい妹芸者の小雪と、しらがまじりのちんまりしたばあさんをつれている。

「おっと、御用の出先をふさいじゃいけねエ」

「じゃけんだねエ！　なんの因果で三年越し、あたしゃこんな人ンとこへ通ってるんだろ」

銀次のうしろで、子分のヒキガエルの六助が、クスリッと笑った。

「バカ野郎ッ……」

ジロリとヒキ六をにらんだ銀次が──、

「柳原の稲荷河岸に、女の仏が浮かんでね」

「聞きましたよ。若い娘ですってね。古着屋の番頭さんが、髷をつかんでひき上げようとしたら、ズルリッと根から抜けちまったって……いやだねエ、女の土左衛門や首つりはいろけがありませんよ」

「仏の悪口をいうと、化けて出るぜ」

「うふッ……幽霊も成田屋ばりの、パリッとしたのが来てくれるのなら、あたしゃいっそうれしいのだけど……」

タップリ情を含んで見上げる小袖の顔から、銀次はまぶしそうにひとみをそらせた。成田屋は七世団十郎のこと、それが御朱印銀次とうり二つとは、当時もっぱらの評判だった。

「小袖さん、ご検死に遅れるとことだ」

「行ってらっしゃい。おそうじをしときます」

万事この調子、江戸随一の御用聞きも歯がたたない。

「六ッ、急ぐぜッ」

逃げるように駆けだすうしろから——、

「ちょいと、六さん、ご苦労さま、親分に気をつけてあげてくださいよ。そのかわり、一本つけとくから……」

「ありがてえが、昼酒をやると親分にどやされる」

「きょうはだいじょうぶだよ、お節句だもの」

「あ、そうか、金太郎の日か、きょうは……」

「それとも、六兄イさんは、おかしわかちまきのほうがいいのかえ？」

「ど、どうつかまつりまして、あっしゃガキのときから、お節句にゃかつおのさしみでイッペエときめてるんで」

「ませてるよ、この子は！」

「エヘヘ……頼みますよ、ねえさん。そのかわり、親分には小野の小町が三辺まわってワンといったって近づけることじゃねエ」

ヒキガエルの六助、おでこをたたいて銀次のあとを追っていった。

竹町裏の路地を飛び出すと、目の前は神田川だが、稲荷河岸は向こう側……銀次とヒキ六は川沿いに東へ走って、和泉橋を渡った。

ことしは五月雨が遅れているのか、梅雨雲一つ見えぬ青空に、真鯉緋鯉ののぼりが、きょうを晴れといせいよく泳いでいる。

柳の葉末を渡る風に乗ったさわやかなかおりは、軒ごとにさしたしょうぶとよもぎのにおいだ。

青んぶくれた水死人などに、目を変えるには、気はずかしいような端午びよりだった。

橋を渡って柳原の土手と川の間を逆に西へ下ると、柳森稲荷の赤い鳥居の前へ出る。そこが稲荷河岸だ。

例によって、遠巻きにしたやじうまをかき分けて、人の輪の中へはいると、いきな巻き羽織の同心御法川十蔵が銀次を振り返った。

「あいすみません、だんな……おそくなりまして……ご検死は、もうお済ましなんで？」

「いや、ちょいと見ただけだ。おめエの来るのを待っていたんだ」

「恐れ入ります……が、そうおっしゃるのは、なにかご不審が？」

「ウン。まンず、その化け物を、とっくり見てやってくんな」

意味ありげなことばで、同心の御法川はあごをしゃくった。

少し離れて、町内の番太郎ふたりに守られたむしろが一枚。その下からぬれそぼれた緋縮緬（ひぢりめん）がはみ出している。

銀次が近づくと、番太のひとりが、おっそろしくしんけんな顔で、ソッとむしろをまくった。

「あっ、こいつア！」

さすがの銀次も、驚きの声をあげた。

——髷（まげ）をつかんで上げようとしたら、根からズルリと抜けた……小袖がそういったのも道理、死骸（しがい）の顔に並べて、グッショリぬれた島田くずしのかつらが置いてある。

かんじんの仏は、赤い長じゅばんに、紅羽二重のしごきをいろっぽく前で結んでいるが、頭は、額と鬢をそりこんで、後ろのほうにちょっぴり髪を残した男頭。

「だんな、こいつは役者ですね……？」

「うン、おれはこの男を知ってるよ。水木民之助といって、湯島の陰間あがりだ。江戸三座の舞台を踏める役者じゃねエが、ご開帳しばいや、いなか回りの一座じゃ、まあ立て女形といったところだったよ」

「それにしても、三途の川まで赤いべべ着て渡るたア、ちょいと凝りすぎてますね」

話しながら、死骸の顔から胸もとへ視線を移した銀次が、ふっと十蔵を見上げた。

「だんな！　この仏は成仏できませんね」

「うン、グイッと首を絞めたうえ、ドンブリほうりこんだ神田川……川の水はまだ冷てエよ。その下手人がとっつかまるまで、民之助は浮かばれめエ……銀次、頼むぜ」

「ヘエ……」

銀次はあらためて死骸を見おろした。

……若い娘と思ったのが男だった。飛び込み自殺くらいに軽く考えていたところが、首のまわりに一筋紫色の縞がグルリッと輪になっている。しかも、奇妙なことに、縞の太さは、のど仏を境に、左半分は太く、右半分は細い。つまり、太いほうは手ぬぐいかなにか幅の広いもので、細いほうはひものあとなのだ……。

江戸の女京の女

竹町裏へ帰ってきた銀次とヒキ六を、あねさんかぶりの小袖がいそいそと迎えた。

妹芸者の小雪とばあさんは、奥の六畳に、きゅうくつそうに並んで、手持ちぶさたのかっこうだ。

ふきそうじから勝手もとの洗いものまで、小袖がひとりでかたづけたにちがいない。竹町のいいねえさんが、ここではすっかかたぎの女房きどりである。

「親分、どこの娘さんかわかったのですか？」

「それが大笑い。向こうずねにゴツゴツ毛のはえた娘さんだ」

「あら、男ですか？　いけすかないね、女のなりなんかして……」

「民之助って女形だとよ」

「──民之助？　水木民之助じゃありませんか！」

「その男さ」

「いつ帰ってきたんだろ……？」

小袖は小雪と顔を見合わせた。小雪も──あの人がねエ！　といった顔をしている。

「なんだ、おまはんたちア民之助と知り合いかえ？」

「知り合いといっちゃなんだけど、あの人はもと湯島にいたんですよ」

「そうだってね。色若衆らしく、死に顔もいい男だったよ。二十四か五か……」

「そんなもんでしょう……湯島と竹町、どっちも明神さまの氏子ってわけで、お祭りなんかでときどき顔を合わせました。それが縁で、役者衆になってからも、ときどき引き幕やのぼりの義理をつきあわされたんですよ」

「で、帰ってきた――とは?」

「ことしの春、上方へ修業に行くといってあいさつに来ました。確か、にいさん株の水木新之助さんといっしょのはず……ねエ、小雪ちゃん」

小袖のことばに、小雪はいちいちうなずいている。

「新之助てエのも女形かえ?」

「ええ、芸は新さんが上ですけど、舞台の女形っぷりは、民さんのほうが上でしたよ。あの人のもの腰には、からみつくようないろっぽさがあって……女のごひいきは、新さんより民さんのほうが多かったでしょうね」

「帰ってきたあいさつはねエんだね?」

「ええ……きっと、旅先で、好いた女でもこしらえて、コッソリお江戸へ舞いもどっていたんでしょう」

「男に女姿をさしておく女というと……」

「表むき男っけのないとこですね……しいたけ髱のお女中なんか、つンと澄ましているけれど、ずいぶんすけべえったらしいのがいるじゃありませんか……それとも、いろ好みのあぶらぎった後家さんかしら……? グンと変わったところで尼さんなんかも、案外ゆだんはできませんよ」

「あのう、ねえさん……」

小雪が遠慮がちにそでをひくと、いい気持ちで女目あかしぶりを発揮していた小袖が、ハッと口を押えた。

「ごめんよ、小雪ちゃん、うっかり変なことといっちゃって、尼さんのくだりはお取り消しだよ……ねエ、親分、こちらは小雪ちゃんのおっかさん。はるばる上方からたずねてきなすったのさ」

ひきあわされて、小雪の母親はバカていねいに頭を下げた。

「親分、おっかさんと小雪ちゃんに、力を貸したげてくださいな……」

ふたりに代わって、小袖が語った事情はこうだった――。


小雪の実家は京二条で仏師をしていたが、父親が長のわずらいで、小雪は大坂の曾根崎から芸者に出た。それでも薬代に追われ、とうとう江戸まで下ってきたが、そんなにしてまで仕送りしたかいもなく、父親は一年まえにこの世を去った。

「同じ仏師のお仲間に、連れ合いはお仏像をそまつに刻んださかい、業病にとりつかれたのや、そないいわはる人がいやはりましてな……」

老母は涙ながらにときどき京ことばをはさむ。

――亡父の罪障消滅のため、妹娘のお京を尼寺の大本山護念寺へ入れて仏弟子にした。

「それが、親分、そのお京ちゃんも江戸へ来ることになったのですよ……」

「へエ、尼さんをよしたのかえ?」

「いえねエ、親分もご存じの谷中の光月院」

「うン、光月院は青山の善光寺と肩を並べる江戸で指折りの尼寺だ。近ごろ、新しい院主さんが上方から来るそうだが……」

「それなんですよ。親分――」

小袖の説明は続く――。

光月院は大本山護念寺直属の尼寺だった。先代の院主が遷化したので、本山から新しい院主が派遣されることになり、そのお供で、お京の恵仙尼も東へ下ることになったのである。

光月院新院主の永春尼、江戸から迎えに行った納所尼の妙香尼、それに恵仙尼の三人が京を出たのが二月の末。

三月の半ばに、遠州の浜松から、お京の恵仙尼が頓死したという通知が母親の手もとにとどいた。


「わたしにはどうしても信じられまへん。なんの病気や、どないして死んだのやと、なんべん光月院に手紙でたずねても、なしのつぶてどす。思い余って、浜松へ行き、初めの知らせに書いておしたお寺に、お京のお墓をたずねました」

「墓はあったのだね？」

「へエ、土まんじゅうに塔婆が一本立ててありました。そやけど、土を掘ってみるわけにはいきまへん」

「墓だけじゃ信用ができねエ。それで江戸まで来なすったか？」

「この小雪に会うて相談したら、ええ知恵も浮かぶやろ、こない思いまして……」

そのあとを、小雪が引きとった——。

「親分さん、あたしは、浜松から出した妹のたよりを受け取っています。その手紙には、病気だなんて、ひとこととも書いてありません」

「で、おめエさんたち、光月院へ行ってみなすったか？」

「ええ、でも、幾度行っても、ご院主さんは会っちゃくださらないんです。いつも納所の妙香さんばっかり……それもこのごろじゃ、死んだものにいいがかりをつけ、お寺をゆするのだろうなどと、お寺社方へつき出しかねないありさま、あたしゃくやしくって……」

話なかばで小雪は横をむいて目を押えた。

「そこであたしがポンと胸をたたいたんですよ、親分……小雪ちゃん、安心おし、御朱印の銀次ってエ江戸っ子がついてるよって……」

「おいおい、江戸っ子だって、死んだものは生き返せねエぜ、小袖さん」

「いいんですよ。お京ちゃんの死んだ筋道がはっきりすりゃ」

「しかし、ここ当分は民之助の下手人捜しで、ほかのことにゃ手が回らねエ」

「親分……さっきはおっかさんや小雪ちゃんのてまえ取り消しましたが、民さんの下手人捜しに、尼寺から手をつけたっていいじゃありませんか」

「なるほど、ついでといっちゃ悪いが、まンず光月院へ行ってみるか」

「頼もしいねエ。親分のそこんとこが、あたしを迷わすんですよウ」

手放しだ。エヘンエヘン、後ろでヒキ六がからぜきをしているが、小袖にはさっぱり通じない……。

ねむの咲く寺

その日の夕がた、やぼったい縞物(しまもの)に白たび姿の銀次は、ヒキ六を連れて、上野のお山ぞいに金杉(かなすぎ)のたんぼ道を急いだ。ヒキ六は、日本橋名物高砂屋(たかさごや)の縮緬(ちりめん)まんじゅうを一折り、ふろしきに包んで後生大事にかかえている……。

「親分のめエだが、どう見ても割りの悪い役回りだね。親分が若だんなか番頭さんで、あっしゃ飯たきの権助がお供ってかっこうだ」

「ウプッ。じゃ、おれが権助役に回って、おめエに判官さまを勧めてもらおうか」

「あっしだってそれほどの男っぷりだとは思ってませんがね、このかっこうをあの娘に見せたら泣くでしょうよ」

「おゃッ、お見それしましたよ。六兄イ……伊勢屋のもりっ子といつの間にかできたな」

「けッ、おいとくんなさい……あんなのは女じゃねエ。出目で、出っ歯で、出っちりで、なにもかも出っぱなしだ。ひょっとすると出べそかもしれねエ」

ヒキガエルの六助、自分がドングリ眼でワニ口なのを忘れて、ヌケヌケと女の子のご面相をこきおろしている。

このあたりはもう田植えが始まっていて、五寸余りの早苗が青畳のよう。夕日を受けた田の面には、紅緒のすげ笠がまだチラリホラリと動いている。

金杉新田を抜けると、五重の塔で名高い護国山天王寺、ここいらが谷中の入り口で、目ざす尼寺光月院は目と鼻のさきだ。

尼寺とはいえ総本山護念寺の末寺、寺領も広々と、山門も堂々としている。境内一面に、ねむの花が薄桃色のふさを開いているのも尼寺らしい。

「ごめんくださいまし……」

いかにもお店者らしく腰をかがめた銀次が庫裡の戸をあけると、板敷きを隔てた薄暗い小座敷で、三十二、三の尼僧が顔をあげた。

と……その尼さんの背後により添っていた娘が、ツイッと奥へ姿を消す……。いちょう返しに、口紅があざやかだ。紺地白縞の銚子縮緬のひとえに、えりだけはあわせ、薄紫のえり裏が白いのどにさえざえとしている。そういえば、きょうは端午――衣がえの日だ。

花色小紋の前掛けが妙にあどけない。こんなエテ者が並みの寺にいたら大騒動だが、ここは尼寺。どんな女がいても文句のつけようはないわけ……。

娘もいいが、年増の尼さんも捨てがたい色香を残していた。白と黒の重ね着はあたりまえのことだが、切れ長の目もとには、頭を丸めさせておくには惜しいあでやかさが漂っている。

厚い大福帳をひろげて、筆を指にはさんでヒョイと見上げたところは、大まるまげで黒えりの縞物がさぞ似合うだろうと思わせるかっこう……。

「てまえ……神田豊島町大和屋の番頭銀次郎と申します……」

銀次はあいさつより先にまんじゅうの折りを出した。

「ごていねいさまに……当院の納所でござります……」

ハハア……これが妙香か……銀次はひとりうなずいて──、

「俗縁をもちまして、てまえ、都の仏師の娘お京とはいとこに当たりますが……」

「えッ、お京？」

妙香のまゆ根に、チラリと険しい色が走った。

「院主さまにお目通りをお願い申します」

「銀次郎どの、お京──恵仙尼は二ヵ月まえに──」

「浜松で死んだとおっしゃいますか？　伯母も、姉の小雪も、さようなはずはないと申しますので……現に、お京からこのほどたよりが参っているのは、どうしたものでございましょう」

「そんなバカバカしいことが……しばらくお待ちください。一度ご院主にお伺いいたします」

妙香は、銀次をにらむようにして、足早に奥へはいった。

「親分、なんだかあわててますぜ」

「ウン、ちっとばかり、キナくせえ……」

銀次はのび上がって、あけはなしたままの大福帳をのぞいた。

……香炉二十両、幽斎色紙五十両、光琳軸四十両、観音像二百両——などと書きこんである。

「はてね、この寺ア金めのものを売っ払ってるようだ」

「尼坊主の代替わりで、何かと銭がいるんでしょうよ。あっしだって、おやじが死んだときにゃ、はんてんとも引きを七つ屋へマゲちまった」

ヒキ六がひとりのみ込みの理屈を並べていると、妙香が白い目をして帰ってきた。

「銀次郎どの、だれに頼まれて来ました？」

「ヘッ？　あたくしはお京の——」

「恵仙尼には、江戸にいとこなどありませぬ」

「と、院主さまがおっしゃりますか？」

「いえ……寺には、いろいろと尼のお調べ書きがござります」

「なるほど……」

銀次はニンマリ笑った。

「六……ここいらでしっぽを出すか？」

「エッへへ……出しやしょう。何本出しゃいいんで？」

「バカ野郎、九尾のきつねじゃねエや」

ガラリッと変わるふたりの様子に、妙香はうさんくさそうにジッと目をすえている。

「ねエ、妙香さん、院主さんに会わしておくんなさい」

「なにを申されます。当寺ご院主は、京よりお下りになったやんごとなきおかた――」

「下々の者にゃあわねエとでもおっしゃいますかね……ところが、あっしには会わぬわけにはいかねエ。竹町の御朱印銀次だッ」

ポンと前に置いたご朱印札――武家屋敷ならびに神社仏閣詮議かってたるべし……。

肉太に書きしるした文字に、妙香の顔色がサッと変わった。

女の声男の声

ご朱印札がモノをいって、納所の妙香はあたふたと奥へ飛び込んだが、しばらくすると、ニンマリ薄笑いを浮かべて現われた。

「格別のおぼしめしで、ご院主がお会いくださるそうな……」

「ありがてエしあわせ……といいてえが、もうし、妙香さん、こうお面をぬいだうえは御用の筋だ、遠慮なく尋ねてエだけ尋ねるから、そう思っておくんなさいよ」

「なんなりとお尋ねになるがよい」

「じゃ、さっそくひとつ聞きやすがね、この寺にゃ尼さんだけですかえ？　さっきチラッといろっぽい娘を見たが……」

「あれは――」

妙香は、グッとなまつばをのんだが――、

「あれは……当寺におあずかり中の娘ご、いずれ髪をおろして尼になるはずです」

「名まえは?」

「えッ、名まえ? 名は、し、しず、お静と申します。あの娘にご不審でも……?」

「寺にしちゃ美しすぎるから、ちょいと……」

「オホホ、尼寺に、有髪無髪の仏弟子(ぶつでし)がいることを、ご存じないとみえますのう」

妙香の皮肉なことばにこたえず、銀次は院主のへやに通された。

院主の永春尼は、年のころ十八、九、ポチャポチャと下っぷくれした、痛々しいような雛(ひな)尼僧だった。

白の平絹でまゆから包んだ姿は、絵にかいたように美しい……。

銀次がなにを尋ねても、〝そうどす……〟〝しりめへん〟と、小さな声でおっとり答えるだけ。そのかわりに、納所尼(なっしょに)の妙香が永春の横にしりをすえて、ベラベラとしゃべりたてる。

けっきょく、お京の恵仙尼のことも、浜松の本陣遠州屋の離れ座敷で頓死した。ご城下の道庵先生が駆けつけたときはすでに手遅れ、墓はりっぱにつくってある……と、繰り返しクドクドと妙香から聞かされただけで、銀次は光月院を出ねばならなかった。

山門をくぐりながら、なにげなく振り返ると、本堂わきのねむの花の下から、ジッとこちらを見ていた女が、プイッと顔をそむけた。お静という娘である……。

「親分、谷中くんだりまでやって来たが、まんじゅう一箱損しただけでしたね。民之助殺しはかいもく見当がつかねエし、お京ちゃんのことも、なんてこたアねエ。いまごろあのばばア坊主め、このお饅はちょいといけます……なんて、まんじゅうを食ってやがるだろう」

「よく、舌が回るなア！　そんなにまんじゅうが惜しけりゃ、そこいらで甘いものを食わしてやるよ」

「けッ、谷中あたりのいなかまんじゅうが下谷っ子のお口に合いますかッ」

「知らねエな。谷中芋坂下の羽二重まんじゅうは東叡山(とうえいざん)御用達(ごようたし)だアね」

銀次は、しょっぱい顔をするヒキ六をむりやりにひっぱって、天王寺門前に軒を並べる水茶屋の一軒にあがった。

このあたり、四十八軒の水茶屋はいろは茶屋と呼ばれて、酒と女のにおいがむせるほど漂っているが、銀次はどんな気持ちか酒を遠ざけ、女に羽二重まんじゅうを買いに走らせた。

おもしろくないのがヒキ六兄イ……やけくそで、まんじゅうを二十ちかく、ガツガツと食っていたが、やがて、初夏の日も西へ沈むころには、さすがのヒキ六もゲンナリした顔をした。

「行こうか、六……もういいだろう」

「なアに、まだ五つや六つへっちゃらだア」

「よせよせ、ねえさんが笑ってるぜ……ねえさん、いろ消しな客ですまなかったな……」

余分に茶代を置いて、表へ出る。

早稲(わせ)の上を渡る風に乗って聞こえるのはくいなの鳴き声だ。スーイッ、スーイッと、宵闇(よいやみ)を切って乱れ飛ぶほたる……。

「いい気持ちだなア……」

「あっしゃ無風流ですからね。虫のくせにピカピカ光るほたるってやつが大きらいですよ。虫なら虫らしく、ジーとか、スイッチョとか鳴いてりゃいいんでさア」

「ウフフ……ほたるにあたってやがらア」

笑いながら銀次は、天王寺前を、ふたたび光月院のほうへ足を向ける。

「親分、道が違いますぜ」

「腹べらしに、ちっと遠道もいいだろう。おまえの気にいるように、虫は虫らしいってやつを見せてやろう」

「ヘッ？　なんのこってす？」

「物事万事〝らしい〟のがいちばんだよ。男は男らしく、女は女らしく……な、六」

「そんなもんですかねエ……？」

首をかしげるヒキ六をうしろに、銀次は光月院の境内にはいった。

本堂から庫裡はまっくらだが、院主のへやの狭間窓が、ポーッと明るくなっている。

忍び足で窓に近づくと、障子越しに、男と女のささやき声が聞こえる。

銀次は舌の先で障子に穴をあけた。ソッとのぞくと、旅姿の娘と前髪の若衆が、せっせと道中荷物をつくっているのだ。

娘は——昼間見たお静という娘……。

銀次はヒキ六のそでをひいて、障子の穴を指さした。

六助が、ヘンな及び腰で、中をのぞく……と、ピクッとそっくり返って飛びのいた。

すこし離れたねむの木の下で向き合った銀次とヒキ六……。

「親分、なにがなんだかわからねエ！」

「あのふたりの話か？」

「あっしの耳と目はどうかしちゃいませんか……？　このドングリ眼で見たとこ

じゃ、女がしゃべると男の声、男が口をパクパクさせると女の声なんで……」

「それでいいんだよ」

「よかアありませんよ、そんなチョボ一ア、権現さまこのかた、聞いたことがねエ。だいいち——」

「しッ？」

銀次がヒキ六の口を押えた。

狭間窓にクッキリ浮かんだ黒い影、丸い頭は、男か？　女か？

「おまえさんたちは、逃げる気だね！」

怒りに震える声は、納所尼の妙香だ。

「妙香さん、あたしゃもう、じっとしていられない。どうか見のがしておくんなさい」

懇願するような男の声。

「ふン、いい気なもんだ。その女をつれて、あたしは置いてきぼりかい」

「妙香さん、うちはもう、こおうてこおうて……」

京なまりの女声が聞こえてくる。

「いやだよ。生きるも死ぬも三人いっしょさ。あの御朱印銀次とやらに目をつけられたうえは、どうせこのままではいられない。それを承知でふたりだけ逃げようなんて……あたしはいやだよ」

「そいつはむちゃだ。もともとこの話はおまえが張本人――」

「それもこれも、おまえがかわいいばっかりじゃないか。それを、こんな女に乗り替えて……この薄情ッ、人殺しッ！」

「これッ、妙香さんッ」

「うそだとおいいかえ？　この女に横恋慕して、じゃまな民之助を――」

そのことばを待っていたのだ。銀次はガラリと窓の障子を引きあけるなり、十手をかざして座敷へ飛び込んだ。

アッ！　と驚く三人……道中姿のお静が赤いすそを翻して、パッと窓から飛び出す。

「六ッ、逃がすなッ！　そいつア民之助殺しの下手人水木新之助だッ」

わめく銀次の声に、合点！　ヒキ六が真横から、女姿の新之助にダッと飛びついた。

＊　＊　＊

「驚きましたよ、親分……」

御成街道を竹町へ帰る銀次とヒキ六だ……月をかすめて、ほととぎすがひと声……。

「おっとり澄ましたご院主の永春さまが、なんとお京ちゃんの恵仙坊主たア、お釈迦さまもご存じねエ……」

「ほんものの永春尼は浜松で頓死したのさ。そこで納所の妙香がひとしばいたくらみ、お京の恵仙尼を院主に仕立てて光月院に乗り込んだ。とんだ女天一坊と女伊賀之亮よ」

「民之助や新之助とは、いつからできてたんでしょう？」

「民の字たちアこの春修業に上方へ、妙香も同じころ新しい院主を迎えに江戸を出た。旅は道連れというが、とんだ道連れで、新之助と妙香は、京へ上る途中でできたのさ」

「そいで、帰りも男をさそって、五十三次を楽しんできたってわけですね。ふてエ女だ」

「お京には民之助をあてがい、院主の目を盗んでいたのだ。ところが、院主がポックリ死んだ。これさいわいと、お京を院主に化けさせ、シッポリ楽しむつもりで帰ってきた」

「ところが、新之助がお京にほれて、じゃまな民之助を殺したんですね」

「そういうわけ……だが、六、民の字の首にまきつけたのはなにか、おめエにわかるか？」

「はアて……半分太くて、半分細いものだが、わかりませんよ」

「前掛けだよ」

「えッ……あ、そうか、布とひも……なるほど、布んとこは太くて、ひもんとこはほせエや。だが、親分、いつからあの寺に目をつけたんです！」

「お雪やお雪のおふくろにはけっして会わねエ院主が、おれには会うといったときからよ……ありゃ御朱印札の威光だけじゃねエ。姉やおふくろに会えば化けの皮がはがれるが、初対面のおれならだいじょうぶとタカをくくったからよ」

「それにしても、民之助殺しまでかたづくたア、あんまり話がうますぎますぜ」

「小袖のねらいがよかったのだよ。女姿の男をかわいがるなア、御殿女中か、後家か、尼坊主だといいやがった」

「ウヘ、またねえさんのご自慢ですかい」

「バカ野郎ッ、ヘンなおドシャをいくらかけたって、おれは小袖を女房にしねエよ……それより、おれは、小雪やおふくろの顔を見るのがつれエんだよ……」

　銀次はほんとうに困ったように夜空を仰いだ。その真上で、ほととぎすが、またひと声鳴いていった……。

第四話　侏儒屋敷

買われていく女

「うッ、やりきれねエよ、まったく……バカな暑さじゃありませんか……」

ヒキガエルの六助が、はだけた胸に流れる汗をぬぐいながら、うちわで銀次へ風を送った。

このところ、時期はずれのカゼをこじらした銀次は、竹を編んだかごまくらに頭をあずけて、ヒキ六のことばに答えない。

町から町を、ものうく流していく玉太郎虫売りの声にさそわれて、ウトウトと真昼の夢路をたどっているのだ。

「ひと雨こねエかなア、ザーッと……神田川がまっしろにあわぶくがたつほど降ってくれると勢がつくんだが、このぶんじゃ夕がたまでに、カランカランにひからびそうだ……」

「雨アいけねエよ。あしたは鳥越明神の宵宮だアね」

「おや、親分、ねむってたんじゃねエんですかい？」

「頭の上でゲロゲロ、ゲロゲロわめきたてられちゃ、寝ようたってねむれねエ」

「ゲロゲロはねエでしょう、ゲロゲロは……そいじゃまるでガマガエルだ」

「うぬぼれちゃいけねエ。ガマガエルがおこるぜ、あっしゃもうちーっと貫禄があるってね。六兄イは、まんず雨ガエルてエところだ」

「情けねエ！　あっしゃこれでものどがいいでしょ。だから、カジカぐらいにゃ踏んでおくんなさいよ」

「だめだよ。カジカは竹町のいきなご神燈の下に、ちゃーんと一匹いるぜ」

「あッ、なーる……扇家の照千代でしょう……あの妓の声はまったくいいねエ。あれでからだがもうちっとこまかくって、顔の造作がキリッとしてりゃ、なかなかどうしていいねえさんなんだが……」

「顔は悪かアねエよ。からだから面だちまで、すべてが大きいから、どことなくまがぬけて見えるだけだ。遠くから離れてみな、ポッチャリしたいい姿だ」

「アハハ……富士のお山みてエだなア」

　ふたりが声を合わせて高笑いしたとき、ガラリと表の格子戸があいた。

「まア、にぎやかなこと……なにがそんなにおかしいんですかえ？」

ピンと張りのある声に、ヒキ六がおどけて首を縮めた。

銀次の苦手、竹町芸者の立花家小袖が、きょうもまたたずねてきたのだ。

「おや、いけすかないよ……ふたりでニヤニヤしたりしてさ……」

すらりと立ったあだな姿、白地のゆかたに洗い髪、新しい黄楊の小ぐしが、あでやかに光っている。

「さ、おまえさんも上がらしておもらいなさいよ。女っけなしのお屋敷だから、遠慮することはないんだよ」

　表を振り返った小袖のことばに――、

「ホイ、お連れさんですかい……？」

　腰を浮かしかけたヒキ六が、ギョッとしたようにペタンとしりを落とした。

　――いまもいまうわさをしていた竹町芸者の扇家照千代が、小袖のうしろからおずおずと顔を出したのだった。

五尺四、五寸……女にしては大きい。うわぜいを気にして、低めの根下がりいちょうに結っているのだが、洗い髪で小がらの小袖に比べると、月並みだが、関取とふんどしかつぎの違いがあった。

「親分、きょうはお見舞いだけじゃないんですよ」

照千代が窮屈そうにすわるのを待って、小袖が銀次のほうへ向き直った。

「ウフッ、そりゃそうでしょうよ」

横でクスリッと笑うヒキ六を、小袖の切れ長い目がジロリとにらむ……。

「おや、おつなせりふだねエ、六さん……なにが、そりゃそうなのさ」

「エヘヘ……ねえさんが、ここんちへ女のお連れで現われるなんて、めったにないことですからね」

「ええ、そうですともさ、あたしゃ親分に、雌ネコだって近づけたくありませんからね」

「いけねエ！　お茶でもいれましょうか？」

「あい、はばかりさま……よく気のつく兄イさんだねエ」

軽くあしらわれて、ヒキ六はキリキリ舞いをしながら台所へ飛び込んでいった。

「親分、照ちゃんのことで、ちょいと知恵をかしてほしいんだけど……」

小袖はことばを改めた。

「竹町のねえさんがたの相談相手になるほどいきな知恵の持ち合わせはねエが……」

「それほどいきなことじゃないんですよ……親分は、池の端の小人屋敷をご存じですかえ？」

「小人屋敷？——お旗本の、田村さまの隠居所のことじゃねエのか？」

「ええ、池の端の茅町二丁目、不忍の池が庭つづきになっているりっぱなお屋敷ですよ」

「たしか田村三之丞って人が住んでるはずだ」

「その人が、なんの因果か四尺足らず……ご長男なのに、弟さんに家督を譲って、三十まえに若隠居……」

「そうだってね、思えばきのどくな話さ」

「ところが、たいしてきのどくでもないんですよ。からだは小さいが、大の意地っ張りでね、そのうえお宝はあるし、並みの人にゃできない楽しみをしよう、それもひとりじゃつまらないからって、同じような寸足らずの仲間を三人も集めたんですってさ」

「ふーん、それで小人屋敷っていうのか……呼び名は知ってたが、わけを聞くのははじめてだよ」

「集まったのが、森田座でつまらないおしばいばかり書いている座付き作者の奈河鶴助（かわつるすけ）――」

「なるほど、鶴助は一寸法師というほとじゃねエが、五尺にはだいぶ足りねエな」

「山下の小屋で出刃打ちの曲芸をしている吾妻（あずま）梅吉――」

「うーム、こいつア小せえや。三尺かつかつだ。それに、頭でっかちの福助だ」

「もうひとりは万亭（よろずてい）一等というお能の面作り」

「その男は知らねエが、やっぱり小せえのかえ？」

「ええ、小さいそうですよ。四人のうちでいちばん年かさ、白くなったあごひげのほうがからだより長いだろってうわさを聞きました」

「その四人が、照千代さんに、何かかかわりがあるのか？」

「落籍せたいというんです」

「えッ、この人をか!?」

銀次はあきれて、いまさらのように照千代の大きなからだをながめた。

お湯殿の惨事

それからふつかめ、さすがに朝のうちは涼しかったが、きょうもそろそろ暑くなろうというころだった。

ドーン、ドンドン……と、祭り太鼓が入道雲のわきあがる大空にはね返っている。鳥越明神の夏祭りだ。

久しぶりに床を離れた銀次が、ヒキ六のかみそりでサカヤキをあたり、これから参詣に出かけようとしているところへ、手古舞姿の小袖が血相を変えて飛び込んできた。

「さア、親分、いったいどうしておくんなさるのさ！」

「やぶからぼうに、どうしたんだな……？　せっかくの祭り姿がだいなしじゃねエか」

「あたしのことなんかどうだっていいんですよ。――親分、田村の若隠居が殺されましたよ」

「なにッ、田村三之丞が!?　いつ？」

「ゆうべ、小人屋敷の湯殿で……そして、照ちゃんが下手人だというんですよ」

「えッ、照千代は、あの家へ行ったのか？」

「親分が、なんとか止めてくれていたら、こんなことにはならなかったんですよ」

「待ってくれよ、小袖さん……まず、わけをはなしてくんな……」


小袖の話というのは、こうだった……。

小男の三之丞から身請けの話があったとき、照千代は、だれよりも先に、仲のよい小袖に相談した。

――どうせ、ほれたはれたの身請けでないことはわかっている。人並みはずれて小さな男たちが、大女の照千代をおもちゃにしようというのだ。

小袖は頭から反対だった。

しかし、照千代にしてみれば、芸者稼業に見切りをつけていた。

――竹町一のよい声だが、芸者はやはり顔形。おひろめ当座は物好きな客からずいぶんお座敷がかかったが、近ごろはお茶をひく夜のほうが多い。このままでは、女角力か女大力の見せ物にでも落ちていくよりしかたがあるまい――と思っているときに、三之丞から話がかかったのだ。

小袖は、照千代の気持ちを変えさせようと思って、銀次の家へむりにつれてきた。

ところが、あてにした銀次が、はっきりしたことをいわない。

――金とヒマを持てあます旗本出の小男が、同じような仲間を集めて、自分たちの倍近い大女に戯れる――。考えただけでもいまいましい話だが、といって、お茶っぴき芸者を続けていろとは、銀次にもいえなかったのだ。

けっきょく、うやむやで帰った照千代は、次の日、扇家の借金をきれいにして、池の端の田村屋敷へ行った……。

「芸者をしていてもお客のおもちゃ。小人屋敷へ行っても変わりはない。同じおもちゃなら、少しでもお宝になったほうがいい……照ちゃんはそういうんですよ。あの人にゃ、ほんとうの芸者ってものがわかっていない……」

小袖はくやしそうにいった。

「そんなことより、三之丞はどうして殺されたんだ？」

「きのうの夕がた、小人屋敷の用人で石出宇十郎というお侍につれられて、照ちゃんは扇家を出ていったんです」

「その石出って侍も寸足らずかえ？」

「いいえ、これはスラリッとしたいい男……あの屋敷で、まともな男といえば、この人ひとりだそうです……荷物はあとでよい。殿がお待ちかねじゃ……とかなんとかいって、照ちゃんはからだ一つで行ったんです」

小袖の話は、いよいよ惨劇のもようにふれてきた。

照千代は田村の屋敷につくと、まずおめみえだというので、奥まった座敷へ連れていかれた。

そして、覚悟はしていたものの、あまりにも奇怪なその場のありさまに、照千代はしばらく声も出なかったという……。

四人の小男が、ふんどし一本の丸裸で、どれもこれもかってなかっこうをしている。

床の間の前で、脇息（きょうそく）に馬乗りになり、ニヤリニヤリと笑っているのがあるじの田村三之丞だった。これだけが、さかやきをのばしたご家人まげだ。

福助頭の出刃打ち梅吉は、床の間にすわりこんで、大きなキセルを斜（しゃ）に構えている。

ひげの長い面作りの万亭一等は、腕まくらをしてねそべり、しばい作者の奈河鶴助は大あぐらで、大ざらに盛りあげた鶏の骨つきを手づかみでムシャムシャ食っていた……。

「照ちゃんを見ると、四人ともペロペロ舌なめずりをしたそうですよ、いけすかない……おめみえがすむと、照ちゃんはご用人の宇十郎さんに連れられて、あてがわれたおへやというのに行ったそうです」

「ほかに召し使いはいないのかえ？　男でなくても、女中なんかがいそうなものだが……」

「ええ、五、六人いるんだそうですけど、その日はみんなお宿下がり……あとでわかった話では、新しい女を連れ込むと女中たちは追い出して、けだものじみた楽しみをするらしいのですよ。照ちゃんは、ご用人から、お屋敷でのしきたりを、いろいろ聞かされたそうです」

「つまり、因果を含められたんだな」

「そうでしょう。かれこれ半刻（一時間）も話していると、ワーッと、たまげる声が聞こえたんですよ。――はて、今の声は梅吉だな……そういってご用人がへやを出ていくと、すぐ大騒ぎになりました」

「三之丞の殺されているのがわかったのだな」

「見つけたのは出刃打ちの梅吉……田村の若隠居は、ヒノキの湯舟から半分のり出すようにして、こと切れていたそうです。背中からブスリッと、切り出しのような刃物がつきささっていた……親分、これはなんだと思いますかえ？」

「見なくっちゃわからねエが、面作りのノミじゃねエかな？」

「あたりましたよ、そのとおり……そこまではいいんですけど、ダラリとたれさがった手の先、ちょうど指のあたるところに、て、る、ち、よ……と、四文字で、まっかな血で書いてあったんです」

「ふーム、おもしろくねエものを書きゃがった……小袖さん、おまえいやにくわしいが、このいきさつは、だれに聞きなすったね？」

「扇家にいる箱屋の清さん……けさ照ちゃんの荷物を届けに行って、まっさおになって帰ってきました」

「清公は、照千代に会ったのか？」

「ええ、かわいそうに、座敷牢（ざしきろう）のようなところに入れられているんですって……」


それっきり、銀次は腕組みをして考え込んだが、ちっ……と舌打ちをすると、スイッと立ち上がってすそをからげた。

とたんに、ピョンと飛び上がったヒキ六が、神だなから十手と金看板のご朱印札を持ってくる――。

「エッヘッへ……そうこなくっちゃアいけねエ。小袖ねえさん、この件は、うちの親分のひとり舞台ですぜ」

「アタボウだよ。六さん……旗本屋敷にゃ御用聞きも手が出せない……なんていわせないやね。御朱印の親分さんにゃこわいものなしさ」

小袖のことばに、銀次がニンマリ薄笑いを浮かべた。

「小袖さん、そうはいかねエ。この銀次にも手におえねエものがある」

「おや、親分が持て余すんじゃ、荒神さまのご親類筋かえ？」

「とんでもねエ、弁天さんのお身内よ。いきで鼻っ柱の強い竹町の小袖さんさ」

「あら、親分！」

すわったままあだな目で見上げる小袖の姿に、

「ヤケますッ！」

ヒキ六がとんきょうな声をあげた。

福助頭と天神ひげ

天下ご免のご朱印札がモノをいって、用人の石出宇十郎もしぶしぶ銀次とヒキ六を座敷へ通した。

すべての事情は、小袖の話と大差はない。

「それで、石出のだんな、湯舟に四つ血文字が書いてあったから、下手人は照千代だというんですかえ？」

「いや、そうは思わぬ。むしろ拙者は照千代は下手人ではないと信じている。なぜならば、奥座敷を出てから、梅吉の叫び声が聞こえるまで、照千代は拙者の前にすわっていたのじゃから……」

「じゃ、なぜ女を座敷牢へほうり込んだので？」

「うム。どうも、梅吉、万亭、鶴助たちがうるさくてなア……三人とも、当お屋敷内においては、わがままかってを許されている。早い話が、ご主人と同格なんじゃよ……」

まだ若い宇十郎は、いまいましそうにまゆをしかめた。

「なるほど、三人は照千代が下手人だというのですね？」

「さよう。ご主人が、いまわのきわに、下手人の名まえを湯舟に書いたというのじゃ。拙者の考えはこれと正反対。ほんとうの下手人が、照千代にぬれぎぬを着せるために書き残したものにちがいないと思う。そういうたのだが、梅吉たちは承知せぬ」

「あっしもだんなのお考えと同じですよ……じゃ、仏さんを見せていただきましょう」

銀次は宇十郎の案内で、奥座敷へ行った。

三之丞の死骸（しがい）が、そこに横たえてある。まくらもとには、田村の当主、三之丞には弟にあたる頼母（たのも）が、むっつりすわっていた。——こんなできごとがお目付（めつけ）の耳にはいると、家事不取り締まりで、おしかりを受けるのは自分だ、困ったことになった……そんな顔つきである。

銀次が死骸をあらためるのを、頼母はじっと見ていたが、死骸の顔に白い布をかぶせた銀次が、軽く頭を下げると、思いあまったように、はじめて口を開いた。

「どうじゃろう、銀次とやら……このたびのことは内々にしてくれぬか……？」

「ヘエ、殿さまのお気持ちはよっくわかりますが、万一照千代に罪がねエものとすると、あの女がかわいそうでござんすから……」

「いや、女は許してとらせる。このうえの詮議はやめにせい」

「殿さま……そのおことばはいただけませんね。まこと照千代に罪があるものなれば、ご法どおりのおしおきをしなきゃなりますめエ。また、あの女のしわざでねエとなら、下手人を捜し出すのがあっしの勤めで……」

　投げるようなことばを残して奥座敷を出た銀次は、次に座敷牢の前へ案内させた。

　人のけはいに、ハッと顔をあげた照千代の目に、包みきれぬ喜びがあふれる……。

「親分さん！　どうか助けておくんなさい。あたしゃ、なんにも知りません」

　いくらからだが大きくても、照千代もやはりかよわい女……ことばといっしょに涙が出る。

「石出のだんなの話じゃ、おめえ、ずっとだんなといっしょだったたってなア？」

「だから、あたしゃお湯殿へ行けるはずがないじゃありませんか……だいいち、親分、はじめてはいったお屋敷で、どこがお湯殿だかお仏間だか、あたしには見当がつきませんよ」

「なるほど、道理だ……ところで、照千代さん、おまえなんか気のついたことはねエか？」

「どんなことでしょう？」

「かりに、梅吉や万亭、鶴助のことでなにか聞かせてもらえると助かるんだが……」

　照千代は、困ったように首をふった。

「格別、なにも知りません……ただ一つ、あたしゃ鶴助さんが、不忍の池で舟に乗っているのを見ました」

「ふム、それはいつのことだ？」

「騒ぎのおこる少しまえです。弁天さまのところから、小舟がお庭へ近づいてきます。はじめは、近所の子どもだと思ったんですよ。ところが、お庭へ飛び上がったところを見ると、鶴助さんだったのです」

「それから鶴助はどこへ行った？」

「舟をつないでいました。思うようにならないとみえて、まごまごしているようでしたが、そのとき、梅吉さんの声が聞こえたんです」

それ以上のことを、照千代から聞き出すことはできなかった。

「石出のだんな、梅吉たちは？」

「離れにいる……なんとかかたづくまで、帰すわけにもいかんし、そのうえ困ったことに、この屋敷は、きょうからかれら三人のものになるのでなア」

「ヘエ、そりゃまたどうしたわけで？」

「ご主人三之丞さま、生前のご遺言なのだよ。お屋敷はじめご遺産いっさいは、小男三人にゆずられるんじゃ。そして、拙者がひきつづき、その差配をすることになっている。ハハハハ、情けない話だよ。かりにも大小をたばさむ拙者が、かたわ者の番頭役じゃ……よいご奉公の口があれば、禄(ろく)は少なくとも、当お屋敷を出ようと思っている」

宇十郎の愚痴を聞きながら裏庭に出た。

不忍の池の中の島から、見通しがきかぬように小高い築山(つきやま)がある。

「あれが照千代のへやだ」

宇十郎は、築山の陰のひと間を指さした。そのへやの前を長い廊下が走って、かぎのてになり、その先に渡り廊下があって離れ座敷へ続いている。

廊下の曲がりかどまで来ると、築山が切れて、不忍の池から上野のお山がひと目に見渡せた。ハスの浮き葉がかさなってほとんど水は見えず、白と紅をまぜたハスの花が、こちらの岸から向かい岸まで、綾錦(あやにしき)を広げたように続いていた。

離れ座敷の軒で、チリリ……と風鈴が鳴っている。さすがに池(いけ)の端(はた)、ここまで来ると、少しは風があるらしい。

その軒下に立って、三人の小男が、うさんくさそうに、近づいてくる銀次とヒキ六を見つめていた。

「おう、あっしゃ明神下の銀次って御用聞きだ。右から、梅吉師匠、万亭、鶴助の両先生だな」

銀次がきさくに声をかけると――、

「ありがてエ！」

梅吉が大きなおでこをピシャリとたたいた。

「御朱印の親分が出張りゃ、なにもかも見とおしだ。このふたりのチビどもア、あっしが三之丞さんを殺したんだというんだ」

「ホウ、そりゃまたどうしたわけで？」

「あっしが出刃打ちの呼吸で、あの妙ちきりんな刃物を投げたんだそうだよ」

「師匠は、三之丞さんを殺してエわけがあるのか？」

「ねエ！　だけど、万亭にいわせると、照千代を呼ぶことに、あっしが反対したというんだ」

「へエ、師匠はいやだったのか？」

「いやさアね……そいじゃ照千代がかわいそうだ。小せエのがかたわなら、デカすぎるのもかたわだ。かたわがかたわをなぐさみものにしたって、ちっともおもしろかアねエ」

銀次がうなずくと、梅吉はいよいよ勢いづいた。

「わかってくれるかい、親分、あっしの気持ち……それに、あの刃物は万亭のノミだぜ」

「あれは五、六日まえに、わしの仕事場から盗まれたんじゃ」

天神ひげの万亭一等が、ゆっくり説明した。

「梅吉、そのことは、おまえさんにも話した筋だぞ」

「てやンでエ……最初から三之丞さんを殺すっもりなら、盗まれたとでも、落としたとでもいって、ちゃーんと、疑いのかからねエようにしておけるさ」

ふたりの争いに、しばい作者の奈河鶴助が、ヒヒヒッ……と奇妙な笑い声をあげた。

「やった、やった、気のすむまでやってもらいやしょ。どちらにしても、あたしにゃかかわりのないことでげさアね。あたしゃそのころ弁天さまへごあいさつに行ってたんだから……」

「鶴助先生、そりゃほんとうかね？」

銀次の声に、鶴助はキザッぽくあごをひいた。

「しばいじゃ造りごとばかり書くが、親分にうそはつきませんよ……あたしゃこの庭先から舟で中の島を往復したのさ……それから、親分、あたしも照千代が下手人だとは思わない、怪しいのはこのふたりさ」

鶴助は、梅吉と万亭をチラリと見た――。

「親分、湯殿の窓の下に一斗だるが伏せてあるよ。その上に乗っかると、どんな小男でも湯舟まで腕がとどく……中でいい気持ちにうだっている三之丞さんの背中を、グサリッとさすのはわけなしさ……あたしゃ舟に乗っていたから、たるにゃ乗らない……」

「この野郎ッ！」

梅吉が福助頭を振りたてて、鶴助にむしゃぶりついたが、そのときには銀次はきびすをかえしていた。

「石出のだんな、湯殿を見せておくんなさい……」

なぞを語るたる

湯殿の窓は、油障子の引き違いだった。高さは地面から三尺ばかり……並みの人間には高くはないが、梅吉や万亭には背いっぱい。鶴助でもやっと首から上が出るだけだろう。——鶴助がいったように、窓の下にはしょうゆのあきだるが一つ、さかさに伏せてある。

もし、梅吉たち三人のうちのひとりが、湯舟にいる三之丞を襲ったものとすれば、こうでもしなければ刃物が届かないわけだ。

銀次はしばらくたるや窓の様子をあらためていたが、次に湯殿の中へはいった。

流し場も湯舟も、すっかり洗い清められていたが、湯舟の胴に書いた〝てるちよ〟の四文字は残してあった。

下から斜め上へ、逆に書いた文字は、それが血書であるだけに気味が悪い。

「これは、三之丞さんが書いたのでしょうかね……?」

疑わしげな銀次のことばに、宇十郎がないしょ話をするような低い声で答えた――。

「そうと思うよりしかたがないのだ。ご主人はからだを二つに折って、上半身をダラリと湯舟の外へたらしていたが、その右手のところにこれが書いてあった。そのうえ、指の先は、血潮で赤く染まっていたよ」

「傷のあんばいじゃ、背中から心の臓へひと刺し……ひとったまりもなかったはずだが……?　ワッとかキャッとか、三之丞さんの声は聞こえなかったのですかね?」

「聞かぬよ……拙者は照千代と話していた。あたりは静かだ。ご主人がわめけば聞こえぬはずはないのだが、梅吉の叫び声で、はじめて変事を知ったのじゃよ」

「なんだって三之丞さんは、そのころ湯へはいっていたんです」

「湯は一日じゅうわかしてある。ご主人たちは、汗をかくと湯へ飛びこむ。丸裸で奥座敷から湯殿まで、スットコスットコ走っていくのじゃ。万事がこの調子。ここはかたわ者の小男がいばって、拙者などは、なまじ五体が人並みなだけに、この暑さの中でも羽織はかまでかしこまっていなければならなかった……」

またしても、宇十郎の愚痴になる。

小男四人のふるまいは、よほどケタはずれのものであったのだろう。

銀次はちょいと首をかしげた。——頭に、恐ろしい殺し場を描いているのだ。

……三之丞は、ノウノウと湯舟で手足をのばしていた。きのうきょうの暑さだ。油障子はあけっ広げてあったろう……やがて、湯から出ようと立ち上がる。そこをねらって、窓の外からノミで刺し殺す……。

声もたてず、グッと倒れた三之丞が、わざわざ指の先に血をつけて、照千代の名を書くことができただろうか……？

「アハハ……だんな、こいつア確かに照千代じゃありませんよ」

「そうとも……あの女は、ずっと拙者のかたわらにいたのじゃから……」

そのとき、離れから、異様なわめき声が聞こえてきた。

銀次たちが駆けつけてみると、梅吉が奈河鶴助を押えつけ、その横で万亭がゲタゲタ笑っている。

わめいているのは鶴助だった。カメの子のように手足をバタつかせ、梅吉をはね返そうとするのだが、梅吉に首根っ子を押えられて、どうにもならないらしい……。

「おうおう、梅吉師匠……みっともねエとっ組み合いはよしたがいいぜ。下手人はおめえさんたちじゃねエから」

意外な銀次のことばに、梅吉がポカンと振り返った。

「じゃ、だれがやったんだね、親分」

「照千代はうそをついてるよ。石出さんのそばから離れなかったといってるが、あのへやからは不忍の池は見えねエ。ところが、鶴助先生が舟に乗っているのを見ている。とすると、照千代はへやを出ている――」

「ちくしょうッ、ふてエ女だッ！」

ピョンと飛び上がった梅吉が、ダダッと渡り廊下を飛び越えて、座敷牢のほうへ駆けだしていった。そのあとから、万亭、鶴助も走っていく……。

と、すぐ続いて――、

「――あれ、あたしじゃない……なにをするのさ、この人たちはッ！」

照千代の悲しげな声が響いた。

「ちッ、しようのねエあわてんぼうどもだ……」

銀次は舌打ちをして、声のほうへ行った。


座敷では落花狼藉――大女の照千代に小男三人がぶらさがって、照千代の胸ははだけ、すそは乱れている。

「おい、だれが下手人は照千代だといった……」

銀次の声に、三人の小男がキョトンとした。

「おれは、照千代はうそをついているといっただけだぜ。――ねエ、照千代さん、おまえ、へやを出たろ？　廊下の曲がりっかどまで行ったはずだ。そうでなければ、不忍で舟に乗っている鶴助さんの姿が見えなかった……なぜ、うそをいったのだ？」

サッと青ざめた照千代が、グッタリ腰を落とした。

「親分さん……そういわなければ、あたしにかかった疑いは、解きようがないと――」

「ご用人さんがいったのか？」

泣きじゃくるようにうなずく照千代の様子に、銀次は鋭い視線を宇十郎に向けた。

「罪だぜ、石出のだんな。なんにも知らねエ女を道具に使うなんて……」

「な、何を申す。拙者が何をしたというのだ」

「照千代は拙者といっしょにいた……おまえさんはひちくどく同じことを繰り返している。女は正直に、おまえさんがかばってくれると思うから、しばらくの間へやを出ていたことを隠していたが、その間に、おまえさんは何をしなすった？」

「そっ、それは……」

「いえめエ……女をかばうおめエさんのことばは、実ア自分をかばっているのよ。おめえは照千代が不忍の池をながめている間に湯殿に行って三之丞を刺した」

「ち、違う……拙者がやったのなら、窓の下へたるなどはこばぬ。そんなことをしなくとも、じゅうぶん手が届くのだ」

「語るに落ちるてエやつだ……おめえは窓から手を伸ばして三之丞を殺してから、たるを持ってきたり、湯舟に血文字を書いたりした。みんな、照千代や師匠に疑いを向ける小細工だったのよ。が、てんとうさまは見とおしだ。あのたるア、タガがゆるんで、子どもが乗ってもぶっつぶれるぜ」

歯ぎしりをかんで、血相をかえる宇十郎に、銀次の静かな声がつづく――。

「おめえさんのくやしさはわかる。いっちゃ悪いが、かたわ者にこき使われて、おもしろかアなかっただろう。あずかっていた金に大穴をあけたとしても、あっしゃ責める気になれねエ。が、それをごまかしかねて、三之丞を殺したなア許せねエ。お主殺しは縛り首だッ」

「しっ、知らぬ。せっ、拙者では——」

「観念しろッ、宇十郎ッ！」

銀次の声に、サッと逃げ出す石出宇十郎——。

「待ったア！」

ヒキ六がパッと大手を広げる。と同時に、福助頭の梅吉が宇十郎の足にしがみついていた……。

＊　＊　＊

照千代を連れて広小路まで出た銀次の耳に、鳥越神社の祭り太鼓が聞こえてきた。

いまごろ小袖は、手古舞姿で、町々をねっているのであろう……。

照千代がホッとためいきをついた。

「親分さん、あたしはここでお別れします」

「行く先のあてはあるのか？」

「なんとか、なるでしょう……」

「ウフフ……しんぺエしなさんな。おめえはきょうから立花家の小照になるんだ」

「えッ、立花家さんへ行くんですか？」

「小袖の妹芸者で出るんだ。おひろめの引き札にゃ、小袖とおれが名まえを並べてやる。口はばったいようだが、おれが顔を貸しゃ、下谷、神田の親分衆がひいきにしてくれる。お茶を引くようなことはさせねエよ。みっちり歌でもけいこするんだね」

「でも、小袖ねえさんが……」

「アハハ……小袖は文句をいえねエよ。おめえを助けてくれといったなア小袖だ。それに、小袖はおれの女房でも情婦でもねエ」

「いいんですかい、親分、そんなことをいって」

ヒキ六の声に、銀次はおどけたように首を縮めた。

「いまのはないしょだ、黙ってろよ……」

あるかなしの風に乗って、威勢のいい祭りの木やり音頭が流れてきた。

第五話　媚薬殿さま

雷の人殺し

「ウヘーッ、この雨ン中を……！　すそがグッショリじゃありやせんか……」

ガラリッと格子戸があく音に、台所から表口へ駆けだしていったヒキガエルの六助が、思いっきりとんきょうな声をあげた。

「それにしても罪だアね、水色のおこしと、まっしろいふくらっぱぎがチラチラなんて、張りきってる下谷っ子の若い衆なんか、春先の雄ネコみたいにうなっちまいまさア」

「ぶんなぐるよ、この人ア……なんだい、下のほうばっかりジロジロ見てさ……早くぞうきんでも持ってきておくんなさいよ」

歯切れのいいせりふは、竹町芸者の立花家小袖だ。

その声を聞くと、あおむけに寝っころがって雨の音を聞いていた銀次は、クルリッとはらばいになってタバコいれを引きよせた。

雷はだいぶ遠のいたが、雨はまだ小気味よく降り続けている。——三年越し持て余している小袖の深情けも、このどしゃ降りの中をやって来たかと思うといじらしくもなる。

ヒキ六がドタドタと遠慮のない足音を響かせてぞうきんを持っていった。

「ヘイ、おまちどうさま、おふきしましょう」

「六さん、あたしゃ芸者だよ」

「ヘエ……」

「おまえさん、銀次親分の一の子分だろ?」

「——の、つもりですがね」

「十手を握るお手々に、芸者の足がふかせられますか?」

「すんません」

「あっちをむいておくんなさいよ。女が足をふくかっこうは、いろけのないものさ……」

はらばっている銀次は、まごまごしているヒキ六の姿を考えて思わず吹き出した。

——小袖は足をふきおわったらしい……。

「ねえさん、帯までぬれてますよ」

「おや、ほんとうだ……ずいぶん降ったものねエ」

「もうちっと待ちゃア、小降りになりましたよ」

「それが、もう腹がたって、じっとしていられなかったんだよ。六さん、きょうという日はどんな日だが、おまえさんも知ってるだろう？」

「はてね、きょうは七月の七日でしょ。回向院のおしおき者せがきはすんだし、それとも観音さまの四万六千日かな……？」

「はっきりおしよ、観音さまは十日だアね。表へ出てごらん。赤や青の色紙たんざくで飾った若竹が、この雨でしょんぼりならんでる。きょうはたなばたさまさ」

「あッ、そうだ！　そうめんを食う日だっけ」

「いやだよ、この人は……いい年をして、食いけのほうが先なんだから……」

お話にならないというように、ヒキ六との話を打ち切った小袖は、上へあがると、銀次のまくらもとへペッタリとすわり、左手で鬢のほつれ毛をかき上げた。

「親分、情なしの雨じゃありませんか、これじゃ年に一度のお星さまの出会いがふいになりますよ」

「おれに因縁をつけてもむだだぜ、おれが雨を降らしたわけじゃねエ」

「知ってますよ、雷さまが降らしたんです」

「フエ！　雷が雨を降らすんかえ！」

「ええ、牛飼いさまと機織りお姫さまの出会いを、雷さまがやっかんで、じゃまをしたんですよ。きょうは三粒も雨が降ると、天の川の水かさが増して、男星が女星のところへ行けないんですってねエ」

「ウフフ……つまんねエ話だなア。おれが男星なら、命がけで泳いでいかアね」

「うそッ！　親分にそんな情があるもんですか。だから、あたしのほうから押しかけるんですよ」

――しまった！　銀次はあわてて話題をかえた。

「この大雨じゃ、あっちこっち水があふれる。またきのどくなお人がだいぶ出るこったろう」

「ええ。それに、雷さまも、三つ四つ落っこちたんじゃありませんか……」

そのとき、また格子戸のあく音がした。——この雨に、だれだろう？　銀次と小袖が顔を見合わせているところへ、ヒキ六がキナくさい顔でやって来た。

「親分、モッサリした二本差しがあいに来ましたぜ」

「なんて口のききようだ。お侍さまが町方御用聞きのおれに、どんなご用があるとおっしゃるんだ」

「さる旗本の用人竹尾源三郎と申すが、ちと内々で銀次殿に御意を得たい——てな口上で、エッヘッヘへ……」

「よさねエか。竹尾さまとおっしゃるんだな」

すると、小袖が踊りの振りでちょいと手を泳がせて、声をひそめた——。

「親分、あたしその人を知ってますよ。広徳寺裏にいる近藤色ノ守さまのご用人……」

「イロの守？　広徳寺裏の近藤てエお旗本なら、お鉄砲方組頭兵庫さま、このおかたしきゃおれに覚えがねエが……」

「オホホ……その近藤さまですよ。もう六十近いんですけど、あの道はひどくお達者でしてねエ。おかかえのお女中だけでは足りなくて、柳橋から竹町へかけて、若い妓をなで切り……お茶屋さんじゃ、イロの守さまとか、ほうきの守さまとか呼んでいますのさ」

「ふーム、さては、女にでも逃げられ、それを捜せというのかな」

「そうかもしれませんよ。うわさですけど、あの殿さまのお伽ぎをすると、夢のようなあいだに、クタクタにされてしまうそうですから……ある妓なんか、ひと晩で半病人になりましたよ」

「お手つきの女捜しなどまっぴらだが、侍を追い返すわけにもいかねエ。六、お通ししな」


小袖を台所つづきの茶の間にさがらせて待っていると、ヒキ六の案内で、竹尾源三郎が遠慮がちにはいってきた。

色好みな旗本の用人というから、抜けめのない中老人を考えていたが、意外にも三十まえの弱気そうな若侍である。そのうえ、話というのも、また思いがけぬものであった――。

「――実は、お屋敷で、いささかふにおちぬ変死人があってなア」

「広徳寺裏、近藤さまのお屋敷でしょうな？」

銀次のことばに源三郎はギクッとしたが、やがて、ととのった顔に苦笑いを浮かべた。

「主家のお名まえはいいにくいものでな……いや、こう知られたほうが、かえって話しよい。変死したのは、芹沢玄庵と申す奥医者だよ」

――奥医者というのは、将軍家御用の医者のことである……。

「きょうの昼過ぎ……」

と、源三郎は事情を語り始めた。

ちょうど雷雨の切れ間であったが、近藤家の離れ座敷から、突然すさまじい爆音がひびきわたった。

そのとき、源三郎は二、三人の女中をさしずして、離れに近い書院にたなばたご祝儀のしたくをしていたが、なにごとッ！　とばかり離れへ駆けつけてみた。

そこに、衣服もボロボロに焼けちぎれた玄庵が、まっくろになってぶっ倒れていた。

気丈な女中がひとりついてきていたので、すぐその女を若党のもとへ走らせ、付近の町医者を迎えたが、すでに手遅れであった。

「玄庵はそこで何をしていたんです？」

「ご主人の持薬を合わせていたのだよ。そばに薬研や薬研車がころがっていた」

「殿さまアご病気ですかえ？」

「さよう……気鬱のお気味で、ここのところご出仕もお許しを願っていられる……」

源三郎はいいわけをするようにつぶやいた。

「で、ふにおちねエとおっしゃるなア、玄庵の死に方ですかえ？」

「うン、若殿は雷に打たれたのだとおっしゃる。が、ご主人は、家の中へ雷がおちるか、玄庵は殺されたのじゃ……といわれる。それで、貴公の考えを聞きに来たのだが……」

「いちおう死骸を見せていただかねば、なんとも申されませんね」

「さようか。では、夕刻にでも来てくれぬか。ご主人のお許しを願っておく……もっとも、貴公は武家屋敷の詮議も自由ときくが……」

「どういたしまして、あっしゃなるべくご朱印札など見せびらかしたくねエんで……」

銀次は苦笑いをしながら、源三郎を送り出した。

凄惨(せいさん)な死骸(しがい)

源三郎が帰ると、小袖が息をはずませて茶の間から出てきた。

「まア、驚きましたよ、親分、玄庵さんが死んだんですってねエ」

「おめエ、その奥医者とも顔見知りかえ？」

「イロの守(かみ)のとりまきなんですよ。お茶屋へあがると、近藤の殿さまがお大尽で、玄庵さんがたいこもち、今の源三郎という人は、お遊び代の支払い係りで、いちばんつまらない役回り……」

「じゃ、近藤兵庫は、奥医者玄庵を証人に仮病をつかい、女あさりにうつつを抜かしてるってわけか。お目付の耳にはいるとお家断絶だ」

「そいじゃ若殿やご家来がかわいそうだけど、なんとか懲らしめてやってくださいよ。ここら辺の若い妓が大助かりなんですから……」

小袖の声に送られた銀次は、ヒキ六をつれて竹町裏の家を出た。番傘を肩に左手は懐中、広小路から入谷に出ると、足駄ばきのすそに風が涼しい。

雨は小降りになったが、たなばた祭りはお流れ。例年のような子どものはしゃいだ声も聞かれず、ぬれたたんざく竹の影も寂しい……。

近藤家の門をくぐると、いいつけられていたとみえ、門番が銀次たちを源三郎の長屋へ案内した。

上品な老婆に座敷へ通されると、入れ替わって源三郎によく似た娘がお茶を持ってきた。

「失礼でござんすが、お妹ごさまで？」

「はい、千歳と申します」

「あいにくの雨で、さぞがっかりなさいましたでしょうような」

「は？　あの、なんでございましょう」

「いえね、たなばたさまのことなんでさア」

「あ、それは、あたくし、もう子どもではございませんから……」

千歳はあでやかにほほえんで姿を消した。

「六、あの娘、ひどくうれしそうじゃねエか」

「ヘッヘッヘ……よくいいますアね、はしがころんでもおかしい年ごろってね」

「だが、この屋敷じゃ、奇妙な変死人が出たんだぜ。ちったア気味悪そうな顔をしそうなものじゃねエか」

そういっているところへ、源三郎があたふたと現われた。

「お待たせいたした。お屋敷のほうが手間どってなア。父の跡をついだばかりで、万事不慣れで困っている」

「なるほど、道理で……ご用人にしてはお若いと思いましたよ」

「用人などは、血のけの多い若者のすることではないな。表のご用はともかく、女中どもの取り締まりには困るよ……」

源三郎はすっかり打ちとけた態度で、銀次といっしょに番茶をすすった。

「それで、仏はどこにございますんで?」

「お離れに置いてある。ちょうど雨もあがったようだ、お庭づたいに行っていただこうか」

「昼間のままでござんすか？」

「いや、いちおうかたづけ、死者への礼はつくしてある」

銀次は心の中で舌打ちをした。変死体の調べでは、死骸だけでなく、そのあたりの様子も見なければならない。かたづけられてしまうと、せっかくの手がかりもなくなるわけだ。

源三郎に促されて長屋を出ると、なるほど、雨はやんでいた。

おもやのへやべやから流れるあかりが、雨後の庭をすがすがしく照らしている。

と、小暗い築山の陰で、パッと別れた影がある。一つは、足音もなくすばやく遠ざかったが、銀次は〝はてな〟と首をかしげた。

チラッと見た物腰かっこう……確かに源三郎の妹の千歳だった。

すると、もう一つの影が、逃げもせず、ゆうゆうと近づいてきた。

「おッ、これは若殿！」

源三郎があわてて道をゆずった。——近づいたのは、近藤兵庫のあととりらしい。

「源三郎か……そこにいるのは、御用聞きの銀次とやら申すものだな。わしは主税だ。玄庵は雷に打たれたのだぞ。そうは思わぬか」

「しばらく！　おそれながら、若殿……」

源三郎が口をはさもうとするのを、主税は気短そうに押えた——。

「銀次にたずねているのじゃ。どう思う、銀次？」

「まだ、仏を見ておりませんので……」

「雷は、家の中へはおちぬものかな？」

「あたくしは聞いたことがございませんが」

「落雷といえば、高いところとばかりきまらぬぞ。玄庵は離れ座敷の縁近くで薬を合わせていた。ひざの前に薬研を置き、手には薬研車を握っていたのだ。離れの近くに落ちようとした雷が、鉄の薬研に引きよせられた——とは考えられぬか？」

そういい残すと、銀次が答えぬうちに、主税はさっさと三人の前を通り過ぎていった。

「ご用人さん、若殿さんは、おいくつですかえ？」

「ことし、二十七におなりだよ」

「それでもまだ殿さまア、ご隠居なさらねエんですかね？」

「うム、若殿は、いまだおひとり身でいらっしゃるありさまなのだ」

そういう源三郎のことばには、なにか重苦しいものが感じられた。——どうやら、兵庫と主税は、親子仲がよくないらしい……。

離れには玄庵の弟子がふたり駆けつけ、ほの暗い行灯の陰で、なき師匠の死骸を見まもっていた。

死骸には、そまつなふとんがかけてある……銀次はそれをソッととり上げたが、あまりのことに、ウッと息をのんだ。

人間の死骸というより、焼けぼっくいである。どこが鼻やら口やら、まったく二目とは見られぬ凄惨な死骸だ。着物がボロボロになっていたと源三郎はいったが、ボロボロどころか、いくらか布ぎれがまきついているといった程度で、焼けただれたからだの出ているところが多い……しかも、顔から胸へかけて、ばら玉を浴びせかけたような傷口が、数えきれぬほど気味悪くはち割れている……。

「ふーム、雷に打たれると、こんな死に方をするものかなア」

だれにともなく銀次がつぶやいたとき――、

「ワッハッハハ……バカを申せッ！」

だしぬけに、大きな笑い声が起こった。

「あッ、殿ッ！」

源三郎と玄庵の弟子ふたりが、平グモのように平伏した。

あけ放した縁先に、デップリしたあから顔の兵庫が立ちはだかっていたのだ。

――ほおがテラテラと光り、大きな目がドロンと濁っている。酒と女におぼれきった醜い顔だった。

「銀次とか申す御用聞き、玄庵は殺されたのじゃ。まこと雷が落ちたのなら、玄庵より、この家のほうがぶっつぶれるわい」

「玄庵には、殺されるようなわけがございましたかえ？」

「わけか……？　外道のさか恨みということもあるでのう」

「それでは、下手人のお心当たりは？」

「そのほうは御用聞きじゃ、自分で捜し出せ……が、玄庵をいちばん憎んでいたのは、奥と主税じゃろうな」

「とッ、殿ッ！」

源三郎が青ざめた顔をあげてくちびるをふるわすと、兵庫はまたカラカラと笑った。

「源三、そちも玄庵を憎むひとりであったようじゃな。それから、千歳もじゃ」

「そッ、それはあまりな……」

「フフ……源三、今宵のたなばた祭りは流れたのう。こう騒がしゅうては酒もうもうない。あすじゃ、明夜たなばた祭りをやりなおす。そのときは、約束どおり千歳を酌に差し出すことを忘れるなよ」

兵庫は、好色らしくニンマリ笑うと、クルリとからだをまわした。

女だけの秘密

困りきった様子の源三郎を、銀次はきのどくそうに見た――。

「なるほど、あの殿さまじゃ、ご用人も楽じゃありませんね」

「裏店（うらだな）で、傘（かさ）をはる浪人衆をうらやましいと思うこともござるよ」

「奥方さまは？」

「これこそ真実ご病体で、この三年余りお起きあそばされたこともない」

「玄庵さんが仏になったころ、若殿さまはどこにおいででしたかね？」

「ご主人の名代として、ご親類がたへ、たなばたご祝儀にお回りだったよ」

「ご用人さんは、お女中がたとお書院にいらっしゃったんですね」

「うン、二、三度お納戸（なんど）やお蔵などへ行ったが、すぐ書院へ帰った」

「お妹ごさんは？」

「なにッ、千歳か？　千歳がどうかいたしたというのか？」

「殿さまがおっしゃいましたね、玄庵を憎んでいるのは奥と主税……それからご用人さんと千歳さまだって……」

「根も葉もないことだ……殿のご病気を心配し、ご出仕をおすすめする者はすべてご主人から憎まれる」

「仮病ですからねエ」

「玄庵どのが鉄砲奉行（ぶぎょう）へいいかげんな診断書を差し出されるので、まったく困りはてていたのだよ。そういう意味で、お家を思う者は、みんな玄庵どのを恨んでいたかもしれぬ」

「で、さっきの話ですが、千歳さまは？」

「朝からなき父の墓参に行き、雨のために帰りが遅れ、四時過ぎにもどってきたようだ。門番に聞けばはっきりするだろう」

「いえ、それには及びますまい……つまり、玄庵が死んだときにゃ、殿さまが疑ってらっしゃるおかたは、四人とも離れから遠いところにいたってことになりますね」

銀次はそこで話を切って、へやの中を見まわした。

障子やふすまが、ところどころ破れている。小石を握ってぶつけたように、プツプツと穴があいているのだ。よく見ると、床の間の壁や、天井にも、同じようなキズがあった。

その床の間に、薬研（やげん）と薬研車が置いてある。死骸（しがい）のそばにころがっていたのを、だれかがここへ置いたのであろう……。

銀次は薬研を手にとって、しばらくながめていたが、突然玄庵の弟子のひとりへ声をかけた。

「この薬研の底裏に光全と刻んであるが、これはどうしたわけか知ってるかえ？」

「ヘエ、薬研つくりは、日本橋の鋳物師三之助が一番なんで……光全というのは、三之助の号ですよ」

「ふーン。ところで、この薬研は新しいようだが？」

「半月ほどまえに買ったんですよ。お師匠さんは、こちらのお殿さまへ年じゅう持薬を合わせなきゃならないんで、いちいち薬研を持ってくるなアめんどうだからって、新しいのを一つ買って、お屋敷へあずけといたんです」

銀次は、薬研を顔へ近づけた。甘いようなすっぱいにおいが、プーンと鼻をうつ……薬種問屋の前でよくかぐにおいだった。

「銀次どの、お見込みは？」

「そうせがまれても困りますよ。まア家へけエって、とっくりと考えてみましょう」

「玄庵どのは殺されたのか、そうでないのか、それだけでも早くわからぬか？」

「いつまでにわかりゃいいんで？」

「早いに越したことはないが、できることならあすの夕刻までに……お届けのしようもあるのでなア」

「やってみましょう……」

キッパリ答えて、銀次は近藤の屋敷を出た。

「驚いたね、親分……雷さま相手の捕物はじめてだ」

「ふン、ヒキ六、なるほどカエルの目ン玉はそっぽについてるんだな」

「えッ、あっしのことですかい？」

「そうさ。まともに目玉がついていてたら、玄庵が殺されたこたア、ひと目でわからア。あのお太鼓医者が死んだなア、障子を締めきって、ゴリゴリ薬研で薬を砕いていたときだ。雷さまが、こんにちは……って、障子をあけてはいったのかい？障子にゃポツポツ穴があいてたが、焼けも、焦げもしていなかったぜ」

「あッ、そうか——。じゃ、なぜ、こいつア殺しだ——っていわなかったんです？」

「いえば下手人が飛んじまわア、それに、ちっとべエ調べることがある」

「合点だ。どこへ行きやしょう」

「腰の軽いことだけが六兄イのとりえだぜ。日本橋の鋳物師三之助ンとこへ行ってきな。薬研なんてザラに売れるものじゃねエ。ここ半月の売り先を聞いてくるんだ」

「一刻（いっとき）たアかかりませんよ。親分は家でしょうね？」

「ウフフ……おいら立花家だ。小袖のとこへ行っている」

「げッ、冗談を」

「年に一度のたなばたさまだ。たまにゃこっちから通わねば義理がわりい」

「ちえッ、あっしゃ気が小せエんだ。驚かさねエでくださいよ」

ヒキ六は、本気にしないで日本橋へ飛んでいった。——が、銀次は、それからしばらくして、ほんとうに立花家のいきなご神灯の下に立っていた。

「まア、親分！」

ころがるように奥から飛んで出た小袖の耳へ――、

「すまねエが、頼まれてくんな……」

「なんですねエ、親分。小袖、こうしろっていってくれたら、あたしゃいっそうれしいのに」

「ウフフ、実アあんまりいい話じゃねエ。こいつばっかりは、いかなおれも、ちーっとぐえエのわりい調べものなんだよ」

「むずかしそうだけど、どんなことでしょう?」

「イロの守にかわいがられたねえさんたちを、ひとまわりたずねてもらいてエ」

「えッ、そして、どうするんです?」

「近藤兵庫が、どんなテで張りきった若い女を責め落としたか、それを聞いてほしいのだ」

「おや、まア、いけすかない……」

口を押えていろっぽく銀次を見上げた小袖が、思わずハッとした。銀次の目には、刺すような鋭い光があふれていた……。

薬研(やげん)を買う侍

次の日の夕刻、銀次は約束どおり源三郎の長屋をたずねた。

「おう、銀次どのか、待ちかねたぞ……」

「へへ……たぶんそうだろうと思っていましたよ。一日延ばしたたなばた祭りの酒盛りが始まっちゃ、せっかくの苦心も水のあわ──」

「なッ、なんといわれる！」

「なアに、なんでもござんせんよ。それより、お殿さまにお目通り願いたいんですが……」

「これさ、銀次どの……お願いした玄庵(げんあん)どのの──」

「殺されたか、そうでねエか……そのことア殿さまの前で申し上げやす」

「しかし、ご主人が会うといわれるかどうか」

「はばかりながら御朱印銀次だ。あっしは断われても、このご朱印札は断われねエ」

銀次のことばに、源三郎はしぶしぶ立ち上がらねばならなかった。

玄関を出た銀次が、ヒョイと振り返ると、障子窓の陰から、夕顔のような白い顔がのぞいている。千歳だった……。

「六ッ……おめエ、ここに残ってな」

「ヘッ、なにをやらかしアいいんで？」

「じーッとしてりゃいいんだ。あの娘を見張ってるんだよ——」

小声でそういって、銀次は急ぎ足で源三郎のあとを追った。

源三郎から銀次が来たと聞くと、兵庫のほうから会いたいといって、銀次を書院に通させ、なに思ったか、主税にも同席するように伝えさせた。

兵庫がニタニタ笑いながら正面にすわると、その後ろに、主税がムッツリすわって腕を組む。源三郎は、はるか下座で両手をついている。

「どうじゃ、銀次、玄庵の死因がわかったか？」

「ヘエ、あれは雷に打たれたんじゃござんせん。殿さまもおっしゃるとおり、人手にかかったものにちがいございませんよ」

そのことばに、主税の目がギロリと動いた。それに反して、兵庫は大満悦……。

「ふン、そうであろう。さっそく下手人を調べねばならぬな」

「いえ、そいつアもう、わかってますんで」

「なにッ、だれだ？　何者が玄庵を殺したッ？」

「そのまえに、お殿さま、あっしゃしがねエ町方御用聞きだが、大名旗本（はたもと）屋敷ご詮議（せんぎ）かってのご朱印札をいただいておりますんで……」

「それがどうしたッ」

「奥医者玄庵の診断書には、いろいろと不審がござんしてね。病気でもねエものを病気と書いたり……これがお目付にしれると……」

　兵庫の顔色がサッと変わった。

「銀次ッ、わしは仮病ではないぞッ。長の月日わずらっていたが、このほどようやく本服いたした。わしに関する玄庵の診断は偽りではない」

「そいつアけっこうでござんした。玄庵が死んでるんで確かめようはありやせんが、あっちこっちの殿さまを、いいかげんな診断をしているもんですから、ついこちらのお殿さまも……」

「いやいや、わしのはまちがいではない。うン、玄庵は死んだ。確かめようはないのう……」

兵庫の顔に、ホッとした色が浮かぶ。

「殿さま、玄庵は悪いやつでしたよ。これもあるご大身から頼まれてつくっておりましたので、この薬を女に飲ませると、無我夢中でみだらなことをする。そのご大身は、酒にまぜて女に飲ませ、幾人もの女を自由にしたが、かわいそうなのは女で、薬が切れてから、半病人になったものもおりますよ」

「さ、さようか……玄庵は、悪いやつじゃなア」

「ずいぶん恨んでるものもおりましてね、殺されても因果応報、下手人はわかっておりますが、お耳にいれてもご存じありますめエ」

銀次がことばを切ると、兵庫はガックリ頭を下げた。こんどは反対に、主税の顔が喜びに輝いている……。

それからしばらくして、銀次は源三郎を昨夜の離れへ連れていった。

死骸(しがい)はどこかへ移したとみえ、すでに障子やふすまは張り替えてある。

「ほほう、ひどく手まわしがいいんですねエ。こうなっちまうと、あっしにもわからなかった」

「銀次どの、玄庵殺しの下手人はだれだ？」

「日本橋の三之助ンとこへ、五日まえに薬研を買いに行ったお侍ですよ。三十まえの、いい男だったそうで……」

源三郎は、ジッとくちびるをかんで銀次の口もとを見つめている。

「ねエ、ご用人さん、このお屋敷はお鉄砲組頭——煙硝なんかもあるんでしょうね」

「うン、お蔵に納めてある」

「それをひとつかみもち出して、玄庵が合わせている薬——たぶん、いやらしいほれ薬だったんでしょうが——その中へほうりこんでおく。そんなこととは知らぬ玄庵が、力をこめて薬研車をゴリゴリやる。とたんに発火してズドンとくる。鉄の薬研がこなごなに割れてパッと飛び散る。玄庵のからだはハチの巣みたいに穴があくし、障子やからかみも破れまさアね」

「しかし、玄庵の薬研はちゃんとあった」

「いちばん最初に離れに駆けつけたお侍、——それが五日まえに三之助から別の薬研を買ったお人ですがね——用意しておいた薬研をこっそり持ち込んで、死骸の横にころがしておいた」

「まて。そのときには、女中もひとりここへいっしょに来ている」

「だが、その女中は、町医者を迎えるんで若党のところへ行かされた。あとは下手人ひとりで、すぐ好きな細工ができまさア。いってエ、このお侍はだれでやしょう?」

「はて、だれかな?」

源三郎は、ニッと薄笑いに口もとをゆがめた。

「あのとき、一番にここへ飛びこんだお侍……お蔵に出入りしても怪しまれぬお侍……」

「というと、拙者のようだなア」

「アッハッハ……鋳物師の三之助がいうお侍の人相も、ご用人そっくりでしたよ」

すると、源三郎が、サバサバした様子で銀次の肩をたたいた——。

「お家のことを思うと、玄庵はどうしてもじゃまな男だったよ。それに、ゆうべあの薬ができていたら、妹の千歳がむりやりに飲まされていただろう。妹は、若殿をお慕いしている。拙者は妹がかわいいのでなア」

「わかりますよ……だがねエ、ご用人さん、あっしに、こいつア殺しだ——と目をつけさせたなア、お妹ごなんですぜ」

「妹がなにか申したか？」

「いえねエ、奇妙な死人が出て、おにいさんが心配しているのに、お妹ごは、ひどくうれしそうでしたからねエ」

そういってカラカラと笑う銀次に、源三郎も声を合わせた。

＊　＊　＊

近藤屋敷の帰り道だった。きのうと変わって、さわやかな夕焼け空に、くれ六ツの鐘が響いている。

「親分、千歳って娘、まっさおな顔で、いまにも自害しかねねエ様子だったが、親分とあの用人がニコニコ顔で帰ってくると、ワッと泣きだしちゃいましたよ」

「うン、うれしかったんだよ」

「ヘエ、あれがうれし泣きですかね。いったい、この納まりはどうなるんで？」

「どうにもならねエよ。下手人は雷だ。御朱印銀次も雷は縛れねエ」

そういう銀次は、感謝にあふれた源三郎の顔を思い出していた。そして、胸の中では、こうつぶやいていたのだ――。

〝――この下手人はだれにもいえねエ、が、待てよ。小袖だけにはないしょで話さずばなるめエ。あいつのことだ、きっと涙を流して喜ぶぜ……〟

銀次は暮れなずんだ竹町の空をながめた。火の見やぐらの上に、ゆうべは姿を見せなかった織女星がキラキラと輝いている……。

第六話　幽霊の手紙

首なし死体

「おや、まアあきれたよ……」

ぬか袋の糸をくわえた立花家の小袖(こそで)が、昼寝をしている銀次のまくらもとへ、ペッタリ腰をおとした。プーンと、ほのかな湯のかおりが流れる。

柳湯の帰りを、わざわざ遠回りして、好きな男の顔を、ちょいと見に来たのであろう。

「いけすかないねエ……江戸一番の御用聞きが、まっ昼間から鼻の上へ絵草紙の屋根をふいてさア……」

「いけすかなけりゃ、帰ンなよ」

「おや、親分、たぬきねいりかえ?」

「いい気持ちで乙姫(おとひめ)さまの夢を見てる鼻っ先で、キーキーまくしたてられちゃ、金つんぼでも目がさめるぜ」

「きざだよ、親分、乙姫さまは……」

「だんごを食って月を見なけりゃならないんだ」

「おやおや、お月さまも親分にかかっちゃ型なしだねエ……少しは風流心もあっていいと思うんだけど……」

「エッヘッヘヘ……あまり見下げたことをいってもらいたくねエね」

クルリと寝返りを打った銀次は、無精ったらしく、あごで縁先を指さした。

川柳点の戯れ言に——安月見すすき一升窓へ出し……この一升とは、一升どくりのことだ。一升どくりにススキをさして月待ちの縁にかざる——これが江戸の裏長屋風景……。

ところが、銀次のところの花立ては、丸の中に伊勢屋の伊の字を書いた貧乏どくり。それへススキがひと握りおっ立ててある……。

「フッ……親分、ヒキにいさんの仕事ですね？」

「笑っちゃかわいそうだよ。このススキは、わざわざ上野の山下まで行って抜いてきたんだそうだ。やつにしちゃとんだ風流心てものさ……」

といっているところへ、そのヒキガエルの六助が、ふところ手をしたまま、ヌーッとはいってきた。

「けッ！　なんて野郎だ。格子を足であけるやつがあるかよ」

「だって、親分、あっしゃ足が二本、ちゃーんとそろってンだもの、格子をあけたって不思議はねエでしょう」

「おやッ、六ッ、気のきいたせりふじゃねエか」

「そうですか……？　長者町の越前屋には、手も足も使わねエで、スーッとはいってくるやつがあるんですよ。こいつア奇妙でさア」

「バカ野郎ッ、締まってる戸を、手も足も使わねエではいるなア、化け物か幽の字だ」

「親分もそう思いますか？　越前屋の鼻ったれ小僧も、幽霊が来るって青くなっていましたよ」

「おい、六ッ……」

ボンヤリつっ立っているヒキ六を、銀次と小袖は同時に見上げた。

「六さん、長者町の越前屋といえば、酒問屋の越前屋さんかえ？」

「おや、ねえさん、いたんですかい……」

「ごあいさつだねエ……さっきから、おまえさんのボーッとのびた鼻の下を見物させてもらっていますのさ」

「ヘッヘヘ……なにしろ、あまり驚いちまったんで、顔のしまりもなくなりますよ。その越前屋三郎兵衛（さぶろべえ）ンとこへ、近ごろちょいちょい幽的がたずねてくるらしいんですよ」

「六さん、まさか、お金さんの幽霊じゃあるまいね？」

「あるまいどころか、その文字金師匠の幽霊だってんで……」

小袖は、ギョッと銀次の顔を振り返った。


——文字金がむごたらしく殺されて、もう一ヵ月余りになる……。

文字金は以前、神田佐久間町で常磐津（ときわず）のけいこ場を開いていて、竹町芸者の小袖とは顔なじみ。投げ節の渋いのどをもっている銀次も、二、三度おさらいを聞きに行ったことがある。

その文字金が、越前屋三郎兵衛の持ちものになって、入谷たんぼのこいきな寮へかこわれたのが半年ほどまえ……。

うわさでは、六十近い三郎兵衛にまめまめしくつかえたらしい。

店がいそがしくて、三郎兵衛が二、三日顔を見せないと、やいのやいのと迎えの手紙がくる……。

むすこの新之助夫婦や番頭の与吉などは苦々しく思ったが、三郎兵衛はもう夢中で、ニタニタ、やにさがりながら入谷へ通っていた。

ところが、一ヵ月ほどまえ……その日は市村座見物に行くので、お金は朝からはしゃいでいたが、車坂までかごを迎えに行った小女のお菊が帰ってみると、お金が殺されていたのである。

しかも、むざんにも首がなく、すはだに業平菱のゆかたをまとった胴体だけが、ゴロンところがされ、家の中はひっかきまわして、目ぼしい衣装や髪道具、それから三郎兵衛があずけておいた三百両が盗まれていた……。

「親分、そのお金さんの幽霊がね、越前屋へ礼に来るんですよ」

「なにッ、幽霊が礼に……」

「へエ、長々お世話になりましたってね、手紙を置いていくんですよ」

「おめえ、その手紙を見たのか?」

「いいえ、なにしろあの付近じゃ、てえへんな評判なんで……」

するると、小袖が横から――、

「六さん、お金さんの幽霊をだれか見たの?」

「ええ、寮にいた小女のお菊……いまじゃ越前屋で女中をしているんですが、この女がたしかに見たといっていますよ」

「業平菱のゆかたを着て出てくるのかえ?」

「いいえ、なんでもこいきな薄物かなんかで」

「そうだろうね……すはだにゆかたなんて、まるで夕がたの湯あがり姿だものね……」

と、銀次がふいっと顔をあげた……。

「六、ちょいと、ひと汗かいてみる気はねエか?」

「エへへ……長者町まで、ひとっ走りでしょう?」

「うン、御用聞き冥利に、御朱印銀次が幽霊の手紙を拝ませてもらいたいって、そういって借りてきな」

「ウフフ……そうくるだろうと思っていたんですよ……」

にわかに元気づいたヒキ六が、思いっきり格子戸をガタつかせて飛び出していった。

白泉寺の怪異

それから四半刻――。

小袖を帰した銀次が、ふたたび絵草紙を顔にかぶせたとたん、息をはずませたヒキ六が、色青ざめてころがりこんだ。

「――やられたッ、親分」

「ドンドロドンドロ……と、手紙も消えっちまったか？」

「て、手紙じゃねエ。お菊が幽霊に殺されたんで……」

「お菊!?　お金が使っていた？」

「そっ、そうなんで……お菊はさっきもいったように、お金の一件このかた、越前屋で働いてるんですがね……実ア、きょうはお金の三十五日なんで……」

「なるほど。では、追善の供養があったのか?」

「ヘエ、入谷の白泉寺――和尚のほかにゃ寺男ひとりの貧乏寺ですがね、これがお金の菩提寺なんで……きょうの昼過ぎから、三郎兵衛をはじめ、むすこ夫婦に番頭、手代、それからお菊が寺へ行って良達坊主に経を読んでもらった」

「それが白泉寺の和尚か?」

「そうですよ……ところが、経がすんでみると、お菊の姿が見えない。たぶん、お金の墓の前で泣いているんだろうと思って、手代の多助が行ってみると、赤いしごきでくびり殺されていた。それがなんと、親分、死んだお金のしごきだというのです」

語りながら、ヒキ六はいくじなく、ブルッと肩をふるわせた……。

「その話は、越前屋の店で聞いたのか?」

「ヘエ、入谷の万吉親分とこの若いもんが越前屋に来ていましてね――なんしろ、寺の中でグッ（ぐあい）が悪い、町方じゃ手が出せねエ……ってボヤいてるところへ、あっしが飛び込んだってわけですよ」

「それで、幽霊の手紙は？」

「借りてきましたよ。二番番頭の仁平がグズグズいうのを、——御朱印の親分なら、寺だろうが、社だろうが木戸ご免だ。ぜひ幽的を成仏させてもらいてエ……て、入谷の若いもんがいいましてね」

「ひでエことになりゃがった。おれは坊主じゃねえぜ」

「というようなわけで、仁平のやつも手紙を奥の仏壇から持ってきたんです。さ、見ておくんなさい、これですよ……」

これだけは真新しい腹巻きの間から、ヒキ六がとり出したのは、やの字に結んだ紅天のなまめかしい結び文……。

銀次はしばらく、ジッと幽霊の手紙を見つめていたが、やがておもむろに結びめをほどいた——。

〝——このたびはおんねんごろなるご供養、骨身にしみてうれしく存じ候、わらわこともはや畜生道に落ち候えば、二度のおめもじは思いもよらず、わが身ながら口惜しく悲しみおり候、だんだん申し上げたきことも数候えども、なまじおはなし申さば未練いやまして冥途のさわりお察しくだされたく候、ただただおんしたわしさのあまり、お礼のみまいらせ候……〃

「なるほど、ごていねいな礼状だ」

「だからわからねエんで……こんなしおらしいことをいうお金が、なぜお菊をしめ殺したんでしょ」

「おれにかみついたってだめだよ、幽霊にききな……ところで、この手紙ははじめ、どこにあったんだ？」

「仁平の話じゃ、五日ほどまえ、朝起きてみると、仏壇の中にはいってたんだそうです。見つけたのは、若女房のお仙ですよ。まっさおになったお仙が、亭主の新之助を呼びに行くつもりで仏間を飛び出すと、中庭のまんなかに、竹ぼうきを握ったお菊がつっ立っている。そして、――ご新造さんが……ご新造さんが……と、うわごとなんでさア。ご新造てエのがお金のことで――」

「そのときか？　お菊がお金の幽霊を見たってのは……」

「いけずうずうしい幽的じゃありませんか、おてんとさまの下へ出てきやがる」

「それで、この手紙の筆跡は？」

「お金のものにまちがいねエそうですよ。三郎兵衛じじいめ、年がいもなくお金から来た会い状を手文庫にいれて、だいじにしまっているんですがね、一分一厘お金が書いたものとちがわねエそうです。紙まで同じだっていってますよ。あきれたね、まったく、あの世にもこんないろっぽい紅染めの巻き紙があるなんて……」

「行ってみようか、六……」

「越前屋ですか？」

「違う……入谷の白泉寺だ」

「しかし、相手が幽霊じゃ、とっつかまえて縛るわけには行きますめエ……あっしも一度ははりきったが、考げエてみると、あまりゾッとしねエ」

「いくじがねエぞ……箱根からこちらにゃ幽霊は出ねエ」

「だって、親分、お岩さんも、番町皿屋敷(さらやしき)もお江戸の名物だ」

「かってにしろッ。来たくなけりゃ、貧乏どくりのススキでもながめていな……」

銀次がプイッと立ち上がると、ヒキ六もあわててすそをまくった。

「行きますよ。ええ、地獄の底までだって行きますとも……」

新しい塔婆

江戸の暦で八月は秋……今宵(こよい)は中秋の名月といわれるのだが、日中はヒグラシの声にあぶら汗がジットリ額へにじむ暑さ……。

銀次は、手ぬぐいを吉原(よしわら)かぶりにして白泉寺のかたむきかかった門をくぐった。

寺のほうはあとまわしにして墓場へはいっていくと、新しい塔婆の前に、お店(たな)者(もの)らしい若い男がしょんぼり立っているのが見えた。

「おう、おめえ、越前屋の多助ってんじゃゃねエのか?」

銀次が声をかけると、男はあわてて腰をかがめた。

「あ、御朱印の親分さん……」

「おれを知ってるのか？——お菊の死骸はどうした？」

「へエ、こ……ここに……」

多助が、足もとへ目をおとした。

そこに、ボロ切れをほうり出したようなかっこうで、お菊が倒れていたのである。

「かわいそうに、いくつだったい？」

死骸の横に片ひざをつきながら尋ねると——、

「年弱の十七で……」

「親は？」

「おとっつぁんが、お菊さんの妹と向島に住んでるそうです。もとは、石州さまのご家来だとかいっていました」

「ほう、お菊は侍の娘か……」

銀次は、血のけのなくなったお菊の顔を見おろした。

細面の三日月まゆ……散らすには惜しい花のつぼみであった。

「なんだっておめエが番をしてるんだ」

銀次のことばに、多助の顔が、ポッと赤くなる。これもまた、田之助(たのすけ)ばりのいい男だ。

「ふーン、こいつアやぼなことを尋ねたかな」

「いいえ、親分……あたしたちはなにも、手を握ったこともありませんよ」

「いいってことよ……お菊が、入谷の寮にいたころからのしり合いかい」

「ヘエ、ときどき、寮のほうへ使いに行ったものですから……」

「ヘンなことをきくが、役目がらだ、かんべんしなよ……おめエから、お菊をくどいたんだろうな」

「く、くどくなんて、そんな……ただ一度だけ、文(ふみ)をやっただけなんで……」

「返事は？」

「くれました。おとっつぁんの世話をしなきゃならないから、もうしばらく待ってくれって……」

「その手紙をどうした？」

「それが……実は、あたしはだいじにとっといたんですが、お菊さんが長者町のお店へ来るようになって二、三日すると、どうしても返してくれというので……」

「返したのか？」

「ヘエ……でも、あたしがきらいになったからではないといっていました」

「ぬけぬけと聞かせるぜ……まアいい、それも死んだお菊の供養とあきらめよう……」

　銀次は死骸の首にまきついている赤いしごきをほどくと、それを手に持って静かに立ち上がった。

「越前屋のだんなたちは？」

「本堂でお寺社がたのおいでを待っていますよ」

　それにうなずいて、グルリッと墓場を見まわした。

　ヒキ六が貧乏寺といったが、いかにもそうらしく、墓はどれもコケむして、新しい供養花も見られず、白木の塔婆が立っているのも、お金の墓と、もう一つ墓地のすみに見えるだけである……。

「――香誉金秋信女、享年三十二か……」

お金の戒名を読んだ銀次は、ピョイ、ピョイと墓の間を飛び越えて、もう一つの新仏の墓へ近づいた。

「ほう！　香誉秋善信女、享年三十……さしずめ、この仏は、俗名お秋といったんだろう……」

ニンマリほくそえんだ銀次は、目顔でヒキ六を呼ぶと、なにごとかをあかのたまった耳もとにささやいた。

「げッ、ほんとうですかい⁉」

ヒキガエルの六助が、とんきょうな声をあげた。

「ちくしょうッ、ふてエやつらだ！」

なにを聞かされたのか、ヒキ六が鼻の穴をおっ広げる……。

「六、逃がすんじゃねエぞ」

「合点！　思うぞんぶんしばりあげておくんなさい。外回りはあっしが引き受けましたよ」

ドングリ眼をむき出して、ポンポンと胸をたたくヒキ六に、意味ありげに笑い返した銀次は、まだお菊の死骸のかたわらに立ちつくしている多助へ目を移した――。


「おい、多助……本堂にゃ、みんなそろっているといったな？」

「ヘエ、だれも帰ったものはないはずですよ」

「よし、おめえも来てくれ……お菊殺しの幽霊をとっつかまえてやる」

「えッ、幽霊を……？」

多助が驚きの目をあげたときには、銀次はもう寺のほうへ足をはこんでいた……。

お菊供養の月

本堂には、ただならぬ空気が漂っていた。

正面の阿弥陀(あみだ)像を背にして、デンと大きく構えているのが住職の良達……四十五、六のデップリした貫禄(かんろく)だけは上野三十六坊のどの寺へ持っていっても恥ずかしくない押し出しである。

その前にすわっているごま塩まげの男は、これも十七、八貫あると思われるいかっぷく、このからだでお金をかわいがった越前屋三郎兵衛だ。

それにつづいてむすこの新之助夫婦――。新之助は二十七、八、親に似ぬ細い骨組みで、目だけがギロギロとおちつきなく動いている。

それにひきかえ、女房のお仙は、抜群の容色だった。それに、姿がいかにもい い。青いまゆのあとはにおうようだし、大きなまるまげはつやつやとぬれたよう……黒っぽい小紋のひとえに包んだ腰の線には、あふれたいろけがいまにもこぼれそう……。

四十余りの番頭与吉は、どこから見ても白ネズミで通るがんこでやぼで金の番人といったかっこうである。

もうひとり、一同から離れて、本堂の羽目板に背をもたせて腕を組み、ムッツリ、苦虫をかみつぶしたような顔をしている中年の男は、入谷の御用聞きたんぼの万吉だ。

「おう！　御朱印の……」

多助を連れて本堂にはいった銀次の姿に、万吉はパッとほおを輝かせた。

「こりゃアたんぼの親分さん、おまえさんも来てたんですかい？」

「さっきからジリジリしていたんだ。くやしいが、寺の中じゃ町方は手が出ねエ。寺社同心のご出役を待ってるよりテはねエが、このお寺社がたってのが、のんびりしてるんでねエ……みすみす下手人を――」

「おっと、親分さん、おまえさん、この中にお菊殺しの下手人がいるといいなさるか？」

「きまってるじゃねエか、当時この寺ン中にいたのは、この六人と、殺されたお菊……もっとも、ほかに寺男の作蔵がいるが、こいつアびっこで、薄バカときている。それに、年も六十五だ。いかに女とはいえ、十七の娘をこなせる年でもからだでもねエ」

するとこのとき、三郎兵衛がいかにも大商人を思わせるゆったりとした身のこなしで、からだを半分うしろへ回した――。

「お話し中だが、親分がた……わたしたちは、読経の間、ずっとここにいたんだよ。だれひとり本堂を出たものはない」

「しかしねエ、越前屋のだんな……」

万吉は舌なめずりをしながら、うわ目使いに三郎兵衛をにらんだ――。

「こういう考えもできますぜ……手代の多助さんが、墓場へ行くと、お菊がお金の墓の前にいた。お店のうわさじゃ、多助さんはお菊を思っていたそうだ。ちょうどいいおりと抱きついたが、どうしてもウンといわねエ。ほれ、俗にいうかわいさ余って憎さが百倍、つい娘の細っこい首に――」

「と、とんでもない。あたしが行ったときには、お菊さんはもうだめでしたよッ」

多助が悲鳴のような声で言いわけをした。

「多助さん、これはたとえ話さ……こういうこともいえる――みんなお菊が本堂を出ていくのに気がつかなかった……といっている。とすると、もうひとり――うしろのほうにいたものが席を立っても、やはり気がつかなかったわけだ」

「――万吉親分……」

こんどは番頭の与吉が口を開いた――。

「いちばんうしろにいたのはあたしだが、あたしは本堂を出なかったたし、お菊を殺しもしませんよ」

「番頭さん、たとえ話だよ」

「それにしちゃ、いやみすぎますよ。ご覧のように、すき通るようなひとえものでさア、まっかなしごきをどこへ隠していたんです……」

「どうせ手の出せねエ寺ン中だ、そこまで深く考えちゃいねエが、しごきをだれにも怪しまれず持ち込めるなア、若いおかみさんだけだ」

そのことばに、新之助夫婦がギクッと顔をあげる……。

と、良達和尚（おしょう）が、暑そうに衣のそでをハタハタと動かしながら――、

「いずれ寺社がたへ申し上げるつもりでいたが、下手人はこの世のものではないよ、万吉親分」

「えッ、幽霊だとおっしゃるんで……？」

「ウン、わしもあの人の墓の前で、白いゆかたのすそがポーッとうすくなってい

る怨霊(おんりょう)を、二、三度見たよ」

　すると、このときまで黙って聞いていた銀次がだしぬけに――、

「南無頓証菩提(なむとんしょうぼだい)香誉秋善信女……」

「えッ、な、なんといわれたッ！」

　愕然(がくぜん)とくちびるをふるわす良達の前へ、ズイッと近づいた御朱印銀次――。

「白泉寺の和尚さんの前だが、こいつア義理にもお金の戒名はいえねエ。それじゃ首と胴とを別々に埋められた秋善信女のお秋がかわいそうだ」

　意外なことばに、万吉はじめ三郎兵衛たちもぼうぜんと銀次の口もとを見つめている……。

「たんぼの親分、こいつアたとえばなしだがね、こんなのアどうだ……？　お金は越前屋さんに囲われたが、もともと金が目当てで、ほかに腰っ骨の強い情夫(いろ)がいた。ところが、ちょうど一ヵ月まえ、信じきっている越前屋さんは、お金に三百両あずける。ネコにカツオ節だア、待ってましたとその金をポッポ……そし

て、まんまとかいた首なし死体の一件よ」

「御朱印の……じゃ、殺されていたのはお金じゃねエというのか……」

「たとえ話だがね……どっかの寺へかつぎ込まれた女の新仏の首をチョン切って、業平菱（なりひらびし）のゆかたを着せたのさ。あの日、お金はしばいを見に行くはずで、お菊がかごを呼びに行った。その間に殺されたわけだが、まさかすはだにゆかたの着流しで、市村座までノスつもりだったとは思われねエ……お菊が出ていったあとで、かねててはずをして待ちうけていた情夫（いろ）が、首のない女の死骸（しがい）をかつぎこむ……いや、案外まえの晩のうちに、お金の家の縁の下へでも持ち込んであったのかもしれねエな。それを座敷にころがして、お金は情夫と三百両かっさらって随徳寺――じゃねエ、白泉寺かな……」

「バ、バ、バカなッ！」

まっかになった良達和尚――。

「わ、わしの寺がどうしたというのだッ!?」

「お金が逃げ込みそうな寺だというのさ」

「いいがかりだッ？　寺社がたへ訴えるぞッ」

「それにゃ及ばねエ。天下ご免の御朱印銀次だ。なんなら、これから香誉秋善信女の墓をあばいてみようかッ」

「げッ、は、墓を!?」

「驚くねエ！　あの墓にゃ、チョン切られた女の首だけしかはいっていねエはずだ。胴体はお金の身代わりで香誉金秋信女になっている」


と、ダダッと足音が乱れたかと思うと——、

「捕えたッ！　親分、押えましたぜッ」

わめき声といっしょに、バッタリ倒れた朱縁のからかみ……水色のけだしを踏み散らして、ヒキ六ともみ合っているのは大吉まげのあだな年増(としま)——。

「あッ、お金！」

三郎兵衛ののどに、しゃがれた声がからんだときには——、

「生臭ッ、神妙にしろッ！」

銀次の十手が、ピシリッと良達和尚の肩口を打ちのめしていた……。

＊　＊　＊

「あきれたよ、親分……」

寺社奉行手付き同心へすべてを渡して、銀次とヒキ六が帰り道にかかったときには、浅茅ガ原の上あたりに、朱盆のような月が浮かんでいた……。

「お菊って娘は、かわいそうなことをしましたねエ」

「ちーっと賢すぎたんだよ。お菊は最初から、首なし死骸を怪しいとにらんでいた。そこで、幽霊の手紙ってエしばいを打ったんだ」

「ヘエ！　じゃ、あの文は、お菊が書いたんですかい？」

「お菊は侍の娘でいい字を書く……お金が三郎兵衛に送った会い状は、みんなお菊が代筆していたのさ。そこで、お菊が――わらわこともはや畜生道へおち候えば――と、冥途からのたよりを書いて、こっそり仏壇へほうり込んでおくと、さア三郎兵衛が驚いた。これはお金の筆跡にちがいない……と騒いだわけよ」

「なんだって、お菊はそんな人騒がせなことをやったんでしょう」

「幽霊の手紙がうわさになると、中には、そんなバカな……といって、一ヵ月まえの殺しを洗いあげるもの好きな御用聞きがねエでもねエ。まア、ヒキ六の兄貴のようなすばしっこいのがね……」

「ウヘヘ……それほどでもありやせんよ」

　ヒキ六、おだてに乗ってあごをなでている。

「ウプッ、いい気なもんだ。おまえは、お金は生きていると思ったが、まさか悪玉だとは思わなかったろ」

「そうなんですよ。どっかへかどわかされて、身を汚され、帰るに帰れず、それとなく三郎兵衛へわび状を送ったと考えたんですよ。けッ、あっしゃお金を救うつもりでした」

「ところが、幽霊の手紙でいちばん驚いたのが、お金と情夫(いろ)の良達坊主だ。お金が生きてるとわかるとまことにつごうが悪い……しかも、お金には、手紙を書いたのがお菊と、はっきりわかっている……そこで、三十五日の追善供養にやって来たお菊が、ソッと本堂を抜け出して墓場を調べに来たところを、かくれていたお金が、赤いしごきでグイッ……」

「ちくしょうッ、ひでエ女郎(めろう)だ……それにしても、親分、小娘のお菊が、なぜ首なし死骸をお金じゃねエとわかったんでしょう？」

そのことばに、銀次がニヤニヤ相好をくずした。

「死骸が業平菱（なりひらびし）のゆかたなんか着ていたからよ。こいつア男にはちょいと気がつかねエことだが、しばいに行くのでかごまで呼ばせた女が、すはだにゆかたてエのは、考えてみりゃおかしいやな。あのときお金は、もうすっかり身じまいをすませていたはずなんだ。こいきな薄物――お菊が見たといいふらしたお金の幽霊の衣装が、実は、お菊がかごを迎えに行くときのお金の姿をさしているのさ」

「ふーン。そういや、小袖あねごもそんなことをいっていましたね……六さん、まさか夕がたの湯あがり姿の幽霊じゃあるまいねエ……とね。ねえさんも変だなと思ったんでしょうか」

「そうらしい。やっぱり、女の勘は、小娘も芸者も変わりがねエようだ……実をいや、おれも小袖のことばでピーンときたところへ、お菊が殺された……まちがいねエ、お金は生きてる。しかも、お菊殺しの下手人だ……と頭へきた。だが、こいつア小袖のてがらだよ、ちょいとくやしいがね」

「ウフフ、まんざらくやしそうでもありませんぜ……」

「ちえッ、気味の悪い笑い方をすンなよ」

声を合わせてふたりが高笑い……。

月は、おもむろに中空へ……月影や四門四宗もただ一つ……芭蕉（ばしょう）の一句そのままに、上野宿房数十棟（むね）の寺々が月を浴びて、かわらが青々と光っていた……。

第七話　浮き世絵狂い

色若衆

「親分、向島の秋草が見ごろだそうですよ」

「あ、き、ぐ、さ、!?」

銀次はあきれ顔で、ヒキ六のとんきょうな顔を見上げた。

その横で、プッと吹き出したのが、きょうも昼過ぎから広くもない銀次の〝お屋敷〟へデンとおみこしをすえている竹町芸者の立花家小袖……。

「六さん、お見それしちゃったねエ……おまえさんに、そんな風流があろうとはねエ……」

「ヘン、あまりバカにしておもらい申したくねえね。こう見えてもヒキガエルの六助兄イだ、学がありまさア。――夏より秋の中ほどにかけて、キキョウ、カルカヤ、オミナエシ、その他くさぐさの秋の花色を競い……とね」

「おや、なんだか聞いたような文句だねエ。広重の江戸みやげに書いてあったんじゃなかったかしら……」

「エへへ、なんでもいいでさア……だいいちねエ、いい親分といきなねえさんが、まっ昼間から枝豆をつついて、渋茶を飲んでるなんざア、ちーっといろけがなさすぎまさア」

しゃべりながらヒキ六、無遠慮に手を出して、銀次の前に置かれたふたものから、青々と色のさえた枝豆をひとつかみ……。

「六さん、いろけがなくってすまないねエ。その枝豆は、あたしの心ざしさ」

「えッ……うッ、道理でうめエや」

「ほめてもらわなくってもいいよ。きょうは九月の十三日だろ?」

「そ、そうでさア。十二日の次の日だア」

「ウプッ、学のある兄イさんにしては、おっしゃることがとぼけてるよ……今宵(こよい)はあとの名月、お月さまに枝豆ときぬかつぎを供える日だよ。——枝豆でこちら向かせるはかりごと……わかるかえ、六兄イさん」

「ははアン、どいつの文句ですかい？」

「あきれた。これは川柳というもの……」

小袖が投げたようにいうと、ヒキ六がポンとひざ小僧をどやし上げた――。

「あ、川柳ならあっしだって知ってまさア、――向島コイの看板寺へ出し――どうです――」

まさにヒキ六にしてはたいした学である。向島のコイこく料理葛西太郎は、黄檗派の禅室牛頭山弘福寺のすじ向かい。

禅寺の看板をコイ料理の看板にひっかけた川柳点のいたずらを、ドングリ眼のヒキ六が知っていたのには、御朱印銀次も意外だった。

「六、いやに向島にこだわるじゃねエか？」

「えへへ、親分、長命寺の桜もちが食いごろだそうですよ」

「ふざけるねエ。食いごろどころか、時季はずれだアね」

「明後日は牛の御前の秋祭りなんで、たいした前景気でさア」

「この野郎、向島の名所案内をする気かい……九月はお江戸の祭り月、向島の牛の御前へのすまでもねエ。今月は深川の神明さま、あすは芝のお祭り第一、十五日は神田明神のご祭礼だ。大川を越えてわざわざ下肥のにおいをかぎに行くものはねエよ」

「へーエ、いやなときに祭りが重なりやがるなア……」

「六……本音はなんだ？　おれを向島までひっぱり出そうって魂胆のわけを聞こうじゃねエか」

「あれ、わかりますかい？」

「兄イにしちゃ気がききすぎてるよ。秋草だの、川柳なんてものはね、おめエのように、鼻の穴をおっ広げっぱなしの〝殿様〟には縁のねエもんだよ」

　いわれて六助、あわてて鼻の頭を押えた。

「よせよ、いまさら鼻を押えたってはじまらねエ。それより、向島の名所案内をおめえに吹き込んだなア、どこの何者だえ？」

「弘福寺の納所で、正海という若い坊主なんで……」

「その正海坊主が、どうしたというんだ？」

「実はね、親分、弘福寺の寺領内に、四、五軒しゃれた数寄屋があるんで……その一つに、浮き世絵師の魚屋清年が住んでいます」
「ふーん、あの血みどろ絵かきの清年が……」
コックリうなずいたヒキ六は、せわしげにひとひざ乗り出すと、次のような話を始めた――。

浮き世絵師の魚屋清年は、いまも銀次がいったように、なみの絵師とちょいと変わっていた。なんというか一種の無惨絵――血まみれになった人物を好んで描いている。四谷怪談の殺し場や、吉原の百人切りなど、清年得意の絵がらである。

ところが、この年の正月から、月に一枚ずつ判を起こしている〝死美人十二ヵ月〟は、またまた清年の名を江戸じゅうに広めるほど評判になっていた。

正月に出したのが〝越後獅子春のさかだち〟――燃えるような長じゅばん一枚の女が、さかさに水車にくくりつけられ、女も水車も水を浴びて寒月のもとに凍りついている図がらである。

二月は〝初の午破れ太鼓〟――。臨月に死んだ美しい妊婦の死体が枯れ野に捨てられている。その太鼓腹がやぶけて、ドロリッと血うみが流れているというものすごさだ。

三月、四月、五月と一作ごとに人気が高まり、物好きな連中はわれがちに買い集めていたが、九月は〝秋時雨夜の松虫〟と絵草紙屋の店先にはり出され、どんな絵であろうといまからうわさの種になっていたのである。

「その魚屋の清年がね、昨夜頭をぶちわられたんですよ」

「ものとりかい？」

「そうじゃねエんで、人さらいですよ」

「まわりっくでエなア。筋道をたててさっさと申し上げろよ」

「清年にゃ生き手本があるんですよ。水木京也といいましてね、去年まで湯島でなまぐさ坊主どもと寝ていた陰間でさア。ことし十六で、しんとろしんとろと、油つぼから抜け出してきたやつを、門之助洗い粉でみがき上げ、音羽屋のおしろいと玉屋の紅で――」

「わかったよ。とにかく、いい男なんだろう。その京也がさらわれたのか？」

「そうなんで……ゆうべの五ツ半（九時）ごろのことだそうです。清年が、〝夜の松虫〟の絵がらをねっていると、浅草まで使いにやった京也が帰ってきた──。お師匠さま、ただいまもどりましてござりまする……」

「気味のわりい声を出すなよ。つまり、清年は奥の間にいたんで、京也が入り口から声をかけた。そうなんだろ？」

「そういうわけ……すると、ガラリと表戸があいた。あッ……と叫ぶ京也の声。清年がなにごとっとばかり飛び出す。とたんにガーン……それだけでさア」

「おっそろしく早くかたづいたなア。清年は、人さらいを見たのかい？」

「それが、あかりのついてたのは奥だけだったので……」

「しようがねエなア。じゃあ、からっきしあてがねエんだな」

「いいえ、小梅村の為三（ためぞう）親分は、正海坊主をふんじばろうって腹なんで……」

「なにッ、寺へ踏みこむっていうのか！」

銀次ははじめてしんけんな顔をあげた。

娘のなげき

浮き世絵師魚屋清年の災難が、弘福寺一帯に知れわたったのは四ツ（十時）ごろであった。——助けを求める清年のわめき声に、同じ寺領内、庭を隔てた隣に住んでいるもと奥医者の小松三伯が駆けつけて、騒ぎになったのである。

清年は三伯の手当で元気をとりもどしたが、水木京也の行くえはわからなかった。

「清年はもう半狂乱なんですよ。〝死美人十二ヵ月〟とかいうとんでもない十二枚続きは、京也を女姿にして写していたんだそうです。その京也がいなくちゃ、あとの絵がかけねエというわけ」

「それで、小梅の親分が、なわ張り違いの寺方へ手を出そうと腹を決めたのは、どういうわけだ？」

「正海と京也は、恋がたきなんですよ」

「坊さんと色若衆が？」

「奥医者の小松三伯には、千種（ちぐさ）という十七の娘があるんですよ」

「なるほど、その娘の取り合いか」

「正海坊主は、そのうちに還俗して、三伯の婿になり、医者の修業をする話がすんでいたんですよ。ところが、去年の冬、京也が清年のところへ来てから、千種が正海にすげなくなった」

「それだけで、正海を縛るわけにゃいくまい」

「運の悪いことに、京也がさらわれたころ、正海は寺にいなかったんですよ。その行く先をどうしてもいわねエ」

オホホ……と、いままで黙っていた小袖が急に笑った。

「親分、とんだ清玄桜姫で、正海さん、千種ってお嬢さまをくどきたててたんじゃありませんか……還俗することになっても、いまはまだお坊さん、女をくどいていたとはいえないじゃありませんか」

「そんなことだろう……さすが小袖ねえさんだ。色の諸わけは詳しいね」

「おや、いけすかない……それより、親分、その京也っていい男は、なんで家の中でさらわれたんでしょうね……？　どうせ浅草から帰ってきたのなら、向島堤というおあつらえ向きのくらがりがあったんでしょうに……ずいぶんまがぬけてるじゃありませんか」

　銀次は腕組みをして小袖のことばを聞いていたが、パラリと腕をほどくと、

「六、おめえ、正海に頼まれたんだな？」

「へエ、弘福寺の門前に小梅親分ががんばってる。一歩でも出たらふん縛ろうってわけでさア。そいで、江戸八百八丁ご詮議かっての銀次親分に、寺へ乗りこんでまちげえのねエところを調べていただきてエ……といってるんですよ」

「そいつア困るな。小梅の兄貴から恨まれる」

「でもねエ、正海坊主は疑いを晴らしてもらいたくて、いっしょうけんめいなんですよ。現に、京也の身のしろ金も、正海が百両出してるくらいですからね」

「身のしろ金？」

「ええ。お昼に清年のところへ結び文が投げ込まれたんで……三百両、暮れ六ツ水神の森、人にいうな、京也を殺す――これだけ書いてあったんです」

「それを清年は、みんなにしゃべったんか？」

「三百両借り集めるのにね。正海は、自分の潔さを見せたさに、弘福寺の和尚

から百両借りて、恋がたきの身のしろ金を寄付したんでさ」

「それで清年は？」

「正海から百両、三伯から五十両、それに自分の百五十両を加えて、ちょうど今ごろ水神へ出かけたでしょうよ。小梅の子分がふたり、見えかくれに清年についてってるはずです」

「ちえッ、肝心のことをいちばんあとにしゃべりやがった」

銀次は舌打ちすると、スックと立ち上がった。——そのうしろへサッと回った小袖が、帯の端をキュッと締め直す。

「いまなんどきだ？」

「かれこれ六ツですよ」

「六ッ、六地蔵河岸(がし)までひとっ走り、あとは舟で竹屋の渡しだ」

そういう銀次は、天下ご免のご朱印札と銀みがきの十手を握っていた……。

竹町裏から神田川沿いに左衛門河岸(さえもんがし)を真東に浅草橋まで出て、そこから蔵前を抜けて、黒船町を左に、いま駒形(こまがた)あたりの馬頭観世音駒形堂を右に切れると、大(おお)

川端は六地蔵河岸……。

九月の半ばといっても残暑はきびしく、銀次もヒキ六も舟に乗るころはビッショリ汗になっていた。

七十六間の大川を斜めに舟で渡る。着いたところが竹屋の渡し——三囲稲荷の赤い鳥居前だ。

それから堤を北へ約半町で、ヒキ六が知ったかぶりをしたコイ料理の葛西太郎。右へ曲がると牛の御前——ご祭礼の大のぼりがハタハタ鳴っている。

「よう、御朱印の——」

不意に声をかけられた銀次が、思わず振り返ると、小梅の御用聞き為三が道っぱたにしゃがんで手をあげていた。

その前に、これもひざを曲げてしょんぼりうなだれているいい娘、やぼったい着物にもかかわらず、からだ全体からみずみずしいいろけがあふれている……。

「おう、小梅の兄貴。私ごとの用たしで大川を渡ると、なんだか騒々しいことがあったと小耳にはさんだのでね」

銀次がまずい言いわけをすると、為三は口もとにいやみっぽい笑いを浮かべた。

「遠慮にゃ及ばねエよ。ところで、騒々しいできごとにもいろいろあるが、おまえのいうのは弘福寺寺領の一件か、それとも水神の森のほうかい？」

「水神の森てエと、水木京也とかいう若衆がどうかしたのかい」

「殺されてたよ」

ことをなげにいう為三のことばに、銀次はゴックリつばをのんだ。

「魚屋清年が、まにあわなかったのか」

「そうじゃねエ。清年が森の中でうろうろしてると、秋草の中から銀バエがワーンと舞い上がった。紫ぼかしの大振りそでを着た若衆姿の京也が、むごたらしく、くびり殺されていたというわけさ」

「兄貴は仏を見てきたのかい？」

「お役目だアね。とっくりと調べてきたよ。目と口にゃハエがまっ黄色に卵をうみつけやがって、よ。はええやつアウジになっている。どんな色男でも、ああなっちゃおしめエだ。人にいったら、殺してやる……それだけ書いた紙っきれが、京也のまげっ節に結びつけてあったよ」

いこじになったように、わざときたないことばをならべる為三の声が終わると、いままでこらえていた娘がワッと泣きだした。

「おまえさんかね、千種というひとは……?」

銀次が声をかけると――、

「おっと、御朱印の……寺内のことはおめえの一つ引き受けだろうが、水神の殺しは土地の御用聞きでまにあうぜ……」

どこまでも皮肉な、為三のことばだった。

恐ろしい影

「いけすかない唐変木だねエ……」

次の朝、たずねてきた小袖が、向島のほうをにらんでキュッとまゆを寄せた。

「親分、その為三とかいうわからず屋に、ひとあわ吹かせておくんなさいよ。あたしゃ話を聞いただけで、こんなに動悸を打っているんだよ」

「いいってことよ。だれでもいいから、下手人さえ早くあげればいいんだ。御用聞きのてがら争いほど、みっともねエものはねエよ」

「だって、親分、為三はきっと正海という坊さんをくるんでしょ。それじゃ、親分、頼まれがいがないじゃありませんか。親分は正海さんに会ったのですか」

「うン、二十五、六のおっとりしたいいお坊さま。代わりの納所ができしだい、三伯の養子になって、長崎のオランダ医者ンところへふわけをならいに行くことになっていたんだそうだよ」

「ふわけというと……？」

「人のからだを開いて調べることだよ……心の臓がどうなっているとか、腹ン中のからくりはこうだとか……」

「千種の父親の三伯先生がその道の大家でね、今までにもおしおきになった科人を三ツ四ツふわけしたもんだ」

「まア、とんでもない人たちが住んでいるんだねエ、弘福寺には……気味の悪い絵をかいたり、人のからだを開いたり、聞いただけでもゾッとする……」

そのとき、表戸をたたきこわすような響きとともに、つんのめるようにヒキ六がころがり込んできた――。

「親分!　やられたッ!」

「どうしたんだ、六。雷さまがとまどいして飛びこんだのかと思ったぜ」

「そんな悠長なことをいってる場合じゃありませんぜ。さ、ご朱印札と十手を持っておくんなさい」

「いやだよ。きょうは神田明神の宵宮だ。これからちょいとお参りしてくる」

「じれってエなア、親分!　千種がいなくなったんですよ」

「千種……京也のあと追い心中でもやらかすつもりで家出をしたか?」

「――三百両、今夜四ツ(十時)松の下、人にはなすな、千種を殺す……」

「えッ、またかッ!」

「こういうわけですよ、親分……ゆうべ四ツ半(十一時)ごろ、正海坊主と千種が、弘福寺の山門の陰でこっそり会っていた。すると、雲をつくような大男がヌッと現われて、正海坊主をひっぱたき、あっという間に千種をひっかついで走りだした。その早いこと早いこと……正海は助けを呼びながらあとを追ったが、白鬚(しらひげ)あたりで見失ってしまった——」

「と、正海がいうのか？　それじゃ小梅の兄貴を納得させることはできめエなア」

「できねエどころか、とっくにおなわをかけてしまいましたよ」

「そいつア乱暴だ。小梅の兄貴が憎体になわを打つとめんどうだぞ」

じっと考えこむ銀次の横から、小袖が遠慮がちに口を出した。

「親分、小梅の為三さんがしくじるのは気味がいいけど、千種って娘さんが殺されちゃかわいそうですねエ……」

「どちらもよくねエよ、小袖さん。小梅のがしくじっても、千種が殺されても、江戸の岡(おか)っ引(ぴ)きの恥っさらしだ。よし、行ってみよう……」

それから小半刻(こはんとき)、ヒキ六を連れた銀次は、ふたたび大川を渡って弘福寺内をたずねていた。

「親分、娘を助けることはできないだろうか……三百両ゆすられているが、こうおおっぴらに知れ渡ると、娘も京也と同じめにあわされるんじゃないかと、わた

し は自分が殺されるのよりつらい……」

老いの目をしばたたく三伯の横で、浮き世絵師の清年も鼻をすすりあげた。

――清年の頭には、白い布がいたいたしく巻かれている。京也を助けようとして、くらがりで打たれた傷は、意外に大きいようだ。

「お嬢さんは、正海さんをきらっていたんですか?」

「いや、そうは思われない。清年さんとこの京也と仲がよかったが、兄弟の味を知らぬ娘だから、ただ弟のようにかわいがっていただけだったよ」

「じゃ、正海さんが京也を憎むはずはありませんね?」

「正海のほうでは憎まないが、京也は、正海からきらわれていると思っていたかもしれない」

するとこ、清年がいいにくそうに口を出した――。

「親分、ご承知のように、京也は以前湯島で働いていた男だ。年のわりにませているし、湯島では色好みの後家や御殿女中の相手をさせられている。つまり、十六とはいえ、人なみ以上に女を知っているのだ。千種さんは弟のように思っただけだったとしても、京也はそうは思わなかったかもしれぬ。そこに、わたししたちの知らぬいざこざが、千種さんをはさんで、正海さんと京也との間にあったかもしれんよ」

三伯はにがい顔をしたが、そういう清年のことばにも一理はあった。

「ゆすりの手紙は、いつ舞い込んだんで？」

「それがいつだかわからない」

三伯はふにおちぬ顔でそう答えた。

「家の中はごたごたしていたが、別に怪しいものの出入りはないのだ。清年さんや正海といろいろ相談して、なにげなく奥の座敷へはいってみると、床の間に置いてあったのだよ。見つけたのは朝の四ツ半（十一時）ごろだった」

「親分、京也のときもそうだったよ。わたしがちっとも知らぬうちに、絵机の上に結び文（ぶみ）が置いてあった……」

清年も不思議そうに首をかしげた。

「三伯先生、正海さんは、お嬢さんをさらっていった大男がどんなやつか、顔を見ていないんですかえ？」

「なにしろ、突然くらやみの中で張り飛ばされたので、大きくて力のある男としか覚えていないのだよ」

「それで、これからどうするおつもりなんで？」

「娘の命には替えられない。三百両が五百両でも持っていく……わたしはほんとうにひとりで行くつもりだよ。だけど、親分、〝松の下〟とはどこだろう」

「いずれこの近くでしょうが、松の多いところですからねエ、名高いところといえばどこでしょう。亀戸村(かめいどむら)の常光寺には来迎松……ちょいと遠いな」

「柳島村妙見さまの千年松はどうだろう？　これも近くはないが」

三伯につづいて清年が涙にうるむ目をあげた。

「白髭(しらひげ)明神あたりは松の名所だが、やっぱりこれは、京也と同じで水神の森じゃないだろうか……？」

「ああ、困った……なぜはっきりいってこないのだろう」

三伯は年がいもなく頭をかかえて、ウッとむせび泣きをかみ殺している。

のだ。

首尾の松

「ちぇッ、ちぇッ、わからねエ……」

ヒキ六が銀次のまくらもとで、いらいらと首をしし舞のように振りたてている

いろいろと知恵を絞ったあげく、手わけをすることになり、三伯は柳島妙見堂の千年松へ三百両持参で出かけ、白鬚から水神へは清年が三伯の名代で、これまた三百両をふところにして行くことに決まった。

「親分、こういっちゃ悪いが、おまえさんは手を出さないでおくんなさい。下手人を捕えるまえに、娘を殺されちゃなんにもならないから……」

三伯がすまなそうにこういうと、銀次は十手をふところにしまって、さっさと竹町裏へ引き揚げてしまった。

それだけならともかく、みすみす人殺しの下手人がどこかの松の下に現われるというのに、つるべ落としの秋の日がかげると、晩飯も食わずふとんを敷いて高いびきをかきはじめたのである。

されればこそ、ヒキガエルの六助がやっきになって首を振りまわすわけ……。

その銀次が、おりから聞こえる上野の鐘にムックリ頭を上げた。

「六兄イ、いまの鐘は?」

「知りませんよ。どっちにしたって、夜明けにゃ間がありまさア。けッ、いい親分が宵のうちからグースラ、グースラ、ことしゃぬすっとの当たり年でしょうよ」

「いやに冠がそっぽを向いてるぜ……頼むから教えてくれ。いまのは五ツ(八時)の鐘だろう」

「知ってて尋ねるこたアねエでしょう」

「そうかい。やはり五ツか。じゃ、そろそろ起きようか……」

「あれッ、世間さまはこれから寝るんですぜ」

「なにしろ、おれは晩飯を食っていねエ。さっき小袖ンとこの小女がご祭礼の折り詰めを持ってきたな?」

小袖が届けた折り詰めで、二、三杯冷や飯をかき込んだ銀次は――、

「六……さ、出かけようぜ……」

「腹べらしなら、腕ずもうでもしましょうよ」

「いや、京也殺しの下手人めしとりのほうが飯がこなれる」

「ありがてエ！」


キリキリまいをしたヒキ六が、銀次より先に竹町裏を飛び出した。

——ところが、銀次は、吾妻橋へも、六地蔵河岸の渡し場へも行かない。つまり、向島へ渡るけはいがないのだ。

お蔵前で、ピタリと足を止めてしまった。

「親分、どうしたんです？」

「ここでいいんだ。ちょっと待ちな」

銀次はなに思ったか、蔵前の名が起こった将軍家お米蔵中のお番所へはいってしばらくご門番と話をしていたが、やがてお番所から出ると、ヒキ六を手まねきした。

「いいんですかい、親分……？」

「ウフフ、ご朱印札はあらたかだよ、お米蔵まで木戸ご免だ……」

銀次はヒキ六を促して、まっくらなお米蔵の敷地へはいった。

――一番堀(ぼり)から八番堀まで、ずらりと並んだ米倉の間を通って、たどりついたのが四番堀にはさまれた土手のはずれ……とたんに――、

「あれッ、こいつア親分！」

ヒキ六が、奇妙な声をあげた。

「バカデカイ音をあげるんじゃねエ。ご覧のとおり、おれたちのいるのは首尾の松の下だよ」

いわれてヒキ六は、いまさらのように、土手っぷちいっぱいに枝を張った名木首尾の松を見上げた。大川を隔てて向こう岸は、松浦豊後守(ぶんごのかみ)さまのお上屋敷、川面(かわも)に明るくあかりが流れている。見るからに涼しげな大川の流れだ。

「親分、こりゃいったい、どういうわけで……」

「千種をさらったやつは、今夜〝松の下〟へ来いといった。松といえばだれでも向島の名だけエ松と思う。ところが、やつは町方が張り込んでるかもしれねエ向

島あたりをうろつくはずはねエ。まんまと裏をかいたつもりで、川向こうの松――つまり、この首尾の松へやってくる」

「それじゃ、三百両は手にはいりませんぜ」

「金なんかほしかアねエんだよ。千種を殺しゃいいんだ。金をよこせといって、おれたちの目をごまかすつもりさ」

「わからねエ。もうちっと絵解きをしておくんなさい」

「京也の死体はどうだ。清年が金を持っていったときは殺されていた。銀バエの卵と、ウジだ。これは殺されて半日あまりたっている証拠じゃねエか。ゆすりの手紙をよこしたときにゃ、京也はもう仏になっていたのよ」

「金が目当てじゃねエ、人を殺せばいい――それじゃまるで気ちげエですぜ」

「よく考えてみな。おれも宵のうちからとっくりかんげエて、やっとわかった。小袖がいいことをいったじゃねエか、京也はなぜ家の中でさらわれたんだろう……とね。なるほど、そういえば千種は戸外でさらわれている」

「いよいよわからねエ。だれです、下手人は？」

「おっと、待ち……な、そろそろ刻限だ」

そのことばが終わるか終わらぬうちに、ボーンと聞こえるのは浅草寺の四ツ（十時）の鐘。——と、ギーッギーッとしのびやかな櫓の響き……銀次とヒキ六は、すばやくお米蔵の陰に身をかくした。

舟のへさきがギーッと回ると、トーンと首尾の松の下へ着いた。

「だんなッ、女アどうしやしょう……？」

櫓を置いた男が、しわがれ声で尋ねる。

「そのままさかさに、松の枝へつりさげてくんねエ……」

その声を聞くと、ヒキ六がゴックリつばを飲む……聞き覚えのある浮き世絵師魚屋清年！　大きな男は、いわれるままに、ピョイと帯のようなものを松の枝へひっかけた。

キッキキッキッキ……枝がきしむと、黒い影がゆらゆらとつり上げられた。

「それでよかろう……」

つぶやくようにいった清年の手から、ポーと淡い光が漏れた。舟底へ伏せてあった龕灯の光が、今つり上げられた影を照らし出す……。

女！　気を失った千種だった。——なんということ、水の上へニョッキリ竜の
ように突き出した松の枝に、緋縮緬のすそはもとより、胸もあらわな千種が、赤
い腰ひもでくくられ、ゆらりゆらりとさかさづりになっている！
「——できたッ！　金蔵、なんとみごとな絵がらではないか……いまに、この白
い胸から、プーッと血を吹き出す」
うわごとのようにつぶやいた清年は、龕灯を左手に持ちかえると、右手にわき
差しを握った……。
「だんな、それが〝秋時雨夜の松虫〟の生き姿ですかい」
金蔵と呼ばれた船頭が、目の色を変えて、ペロリペロリと舌なめずりをしてい
る。
それには答えず、清年の刃が、ジリジリと千種の乳ぶさに迫った。
「御用ッ！」
はっとたじろぐ清年の手首へ、キリリッと巻きつく方円流のとりなわ！
「六ッ、船頭を逃がすなッ！」

「おっと合点！」

と同時に、四番堀からツツツ……とこぎ出した小舟が五、六隻……。

「それッ、御朱印の親分に加勢しろッ……」

威勢のいいお米蔵仲間の声だった。

＊　＊　＊

「驚いたよ、親分、あんなすげエ女の姿ア見たことがねエ」

柳原土手を、竹町へ帰る銀次とヒキ六である。

「あれがそのままの絵になったら、清年の評判はいよいよ高くなったろうよ」

「あいつア若衆の京也じゃ物足りなくって、ほんものの女の生き手本がほしくなったんですね」

「いや、京也を殺したなア、ことのはずみなんだ。おととい、清年は船頭の金蔵を呼んで、〝夜の松虫〟の生き手本にするから、千種をさらってくれと頼んだ。それを、使いから帰ってきた京也が聞いちまったんだ」

「ははーン、読めましたよ、千種にゾッコンござった京也が、それをとめようとして、三つどもえになったんでしょう」

「どうしたはずみか、清年は頭に大けがをする。あわてた金蔵が、うしろから京也の首を絞める」

「なるほど、そいじゃウジもわきまさア」

「京也を失った清年には、いよいよ別の生き手本がいる。そこで、金蔵にゆうべ千種をさらわしたんだ。そのまえに、京也がいなくなったことと、自分の頭のけがのいいわけをしなければならねエ。考えに考えてでっち上げたのが、京也かどわかしのひとしばいよ」

「小袖ねえさんは、いいところへ気がつきましたね。そんないきさつなら、家の中のかどわかしでなきゃまずい。そこから足がつこうたア、お釈迦さまも清年も気がつかなかったんだろう」

「それにねエ、六……五ツ半（九時）のできごとを、四ツ（十時）になって騒ぎだすとは、清年もまずいじゃねエか。その間いっしょうけんめい考えた証拠だ。まずいといや、もう一つある。弘福寺の門という門は、正海坊主をひっくくるため、小梅の身内が張っていたんだ。あの結び文を投げこむ芸当は、寺領の中の人間しかできねエよ」

「わかりましたよ。千種はあぶないところでしたね。正海坊主も助かったし、めでたしめでたしだ。これで、親分と小袖ねえさん——が」

銀次は、ふっと空を見上げて——、

「あすはいい祭りびよりだぜ……」

「ヘエ……じゃ、小袖ねえさんの、手古舞姿が見られますね……」

ヒキ六、どこまでもからみついてきた。

第八話　お部屋さま

いとこどうし

「向こう片瀬の竜口寺、ドコドンツク、ドンツクツ、わたしゃあわびの片思い、ドコドンツクツ」

四ツ（十時）まえの静かな朝のひととき、勝手口からヒキ六のまのぬけた声が聞こえてくる。

きょうは十月十二日、あすは法華宗のお会式だ。江戸の町々では勇みの若い衆たちが、競いの万灯つくりに趣向を凝らしていることであろう。

「えー、カキや小まくらもち——ッ……」

これもお会式ゆかりの供物を商う物売りの声が、路地から路地を流している。ピーヒョロ……と青空に輪を描くトビの鳴き声とともに、のんびりした江戸の景物……。

きょうも朝から押しかけた竹町芸者の小袖に、むりやり頭をむっちりしたひざへ押えつけられた御朱印銀次、銀の平打ちで耳の中をくすぐられて、てれながらも、いつしかうっとりと目を閉じていた。

「——そら、万灯持ちながらしりを振れ、ドコドンツクドンツクツ、そら、一貫三百どうでもいい……」

調子づいたヒキ六が、ドンツクツとたらいをたたいた。

「ちょっと、六兄イさん……」

かんざしの手をとめた小袖が、いくらか辰巳(たつみ)上がりの声を出す。

「へーイ、なんか用ですかい?」

「お会式のけいこなら、ドブ板をたたいたほうがはずみがつくよ」

「うへー、あっしゃ下帯を洗ってるんで——」

「しみったれてるよ。洗いざらしで万灯をかつぐつもりかえ? まア、おまえさんが下帯を洗おうと、金襴(きんらん)の陣羽織をせんたくしようとかってだけど、たらいだけはこわさんでおくんなさいよ。それはあたしが三年越しみがきつづけたんだから……」

「すンません……だんまりで、しずーかに洗わせていただきます」

それっきり、ヒキ六は鳴りをひそめてしまった。

「小袖さん、ヒキ六にいやみをいうことアねエだろう」

「あれ、あたし、いやみなど……」

「三年越しみがき続けたはキザだよ。おれから頼んで、おめえに来てもらってるわけじゃねエ」

「わかってますよ。あたしゃ好きかってに来ていますのさ……でもねエ、親分、三年余り掃いたりみがいたりしていると、この家の畳のケバにまで情が移って、ひとさまの手にさわらせたくない……これが女心というものでしょうか？」

いけねエ、とんだやぶへびだア……銀次は聞こえないふりをして、耳をかきながら起き上がった。こう、じっとりからまれると、好きで好きでたまらない女だけに、ついこちらも本音が出そうになる。

「いまなんどきだろう？」

「あれ、にくらしい！」

と、小袖のしなやかな指が、銀次のひざを――。

「あッ、ちッちッ……」

銀次がおおげさに飛び上がったとたんに、コロコロコロと、格子戸が静かにあいた。

「ごめんくださいまし。立花家の小袖ねえさんがこちらさまにおいでと伺って、参りましたのですけど……」

遠慮がちな女の声だった。

「あら、あの声は……」

小袖が急いで立っていった。

「まア、やっぱり、お新さん？」

「あッ、ねえさん、うちの人を助けておくんなさい！」

「え、金太さんを？　ちょいと、お新さん、いったいなにがあったのだえ？」

障子越しに聞こえてくるお新の声は、涙にくもりがちだったが、それでも御用聞きの銀次には聞きのがせぬものであった。——昨夜十時過ぎ、四谷の西念寺門前町で、女殺しがあったというのである。

お新は銀次も知っている、両国の魚清で仲働きをしていたが、三年ほどまえに料理人の金太とできて、深川で小料理屋を始めたはずだ。

「ねえさんはご存じないかもしれませんけど、うちの人にはお雪さんといういとこがありましてね。牧野佐渡守さまのお部屋さまでした」

「あ、土手三番町の……たしか、去年の春おなくなりになった……」

「ええ……町家出のお雪さんは、西念寺前にりっぱなしもた屋をいただいて、お位牌おもりという名目で月々のお手当をいただき、お部屋さまのころから付き添っている老女と小女だけの気楽な暮らしになったのですけど、半年ほどまえからうちの人と……」

切り髪のご後室といきな料理人、それにふたりはいとこどうしなのだ。いつからか、金太はお新の目を盗み、お雪は老女の前をごまかして、湯島や不忍の出会い茶屋で、まっ昼間のただれた夢を結ぶ仲となった。

「あたしゃくやしくって……お雪さんはうちの人より、ひとまわりも年上なんですよ。いくら今まで腰の曲がった殿さまのおとぎをさせられたからって、なにも親子ほど年下のいとこをつまむことはないじゃありませんか……うちの人もうちの人ですよ。やくんじゃねエ、お雪さんのごきげんをとっときゃ、あの家の釜の下の灰までころがり込んでくる——って——」

「おやおや、金太さん、とんだ色悪だねエ」

嫉妬まじりのお新のグチに、小袖はちくりと皮肉なことをいう。

「でも、ねえさん、うちの人は今までにおこづかいくらいはせびったかもしれません。なにしろ、手なぐさみがすきですから……だからといって、うちの人は人殺しができるような人じゃありません。それを大木戸の親分が……」

その声と同時に、いままで勝手もとで話を聞いていたヒキ六が、ガラガラ、ピシャリと飛び出して、騒々しいわめき声をあげた——。

「待った待った、大木戸のガマ常がのさばり出たのかッ！」

「はい、うちの人がお雪さんを絞め殺して、殿さまの形見のギヤマンのつぼを盗んでいったんだといって、とうとうしばっていきました」

「親分ッ！　一大事、たいへんですよう！」

ヒキ六のとんきょうな声に、銀次は苦笑いをした。

「だめだよ。六……ヒキガエルの六兄イが、いくらガマガエルの常吉親分と仲が悪くっても、四谷(よつや)は大木戸のなわ張りだ。おれは遠慮するぜ」

「ちえッ、御朱印の親分にゃなわ張りなし、八百八町天下ご免のはずじゃありませんか」

「いけねえ、御用の道に二つはねエ……」

そういう銀次は、もうふたたびまくらをひきよせ、ゴロリと横になっていた。

紫の打ちひも

その御朱印銀次が、四ツ半（十二時）過ぎには、番町から四谷見付(みつけ)を抜けて四谷伝馬町(てんまちょう)のかり豆店(だな)から西念寺横町へはいっていった。

——お新がかわいそうだから、調べるだけでも調べてみてくれ……と、小袖からくどきたてられているところへ、足まめなヒキ六が、見付から大木戸までをひとっ走り、鬼の首でもとったように、鼻を空へ向けて駆けもどってきたのだ。

「エヘヘ……小気味のいいっちゃねエ。親分、ガマ常の野郎、トビアブであっけらかんとしてますぜ」

「なんでエ、そのトビアブてなア」

「さっき牧野さまのご家来が大木戸の自身番へ現われて、当方にてご詮議いたすことがある……とかなんとかいって、金太をかっさらってったそうですよ。つまり、トビに油揚げでトビアブでさア」

「なんだって……御用聞きのあげた下手人を、牧野さまご家中が連れてっちまったって……おい、六ッ、十手にご朱印だッ」

「えッ、いまから出かけるんですかい？」

「大木戸までは江戸のうち、町方のことは御用聞きのお役目だ」

「だって、牧野さまのお屋敷から……」

「ふン、まかりまちがやア常州笠間で八万石、カリの間詰めのお大名が相手だ」

そういう銀次の横顔を、小袖がほれぼれとながめている——。

「うれしいねエ！　だからあたしゃ親分を――」

「おっと、おれは金太を助けに行くんじゃねエ。事のけじめをつけに行くんだ。小袖さん、お新さん、あてにされちゃ困るぜ」

「あい、わかっておりますよ」

　小袖はいそいそと切り火をきる。


　こうして四谷に乗り込んだ御朱印銀次とヒキガエルの六助……お新から教えられた西念寺前にかかると、お雪の家はすぐにわかった。

　なるほど、裏表とも牧野家の若侍が、ものものしく立ち番をしている。

　ことに表は、杉（すぎ）なりに小樽（こたる）を積み上げた天水おけの前にドッシリ床几（しょうぎ）をすえた五、六人が、ジロジロと往来の町人をねめつけている。隣近所は、恐れをなして、ジッと息をのんでいるありさまだ。

「けッ、いけ好かねエあさぎ裏だ……」

　銀次はヒキ六を振り返ってつぶやくと、ズイッと表口へ近づいた。

「こらッ、なんだ、おまえは!」

角張ったあから顔が、天水おけの前にヌッと立ち上がった。

「ヘエ、あっしゃ町方御用聞きの銀次と申す者でござんすよ」

「御用聞き? さようなものには用はない。帰れ帰れッ」

「エヘヘ……そちらさまには用はねエかもしれませんが、こちらにゃ用があるんで――」

「なにをッ!」

よほど気の短い侍とみえて、ことばと同時に持っていた六尺棒が、ビューッとうなって銀次の頭上へ――。

「おっと、あぶねエ!」

ヒラリと体をかわすと、逃げもせず、空を切ってよろめく侍へ、ドシーンと体当たり。

「あッ、おのれッ!」

ほかの若侍たちも、バラバラッと銀次とヒキ六をとり囲んだ。――と、その後ろから、た。

「あ、もうし……どうぞお静かに……」

一見、長年奥勤めをした女とわかる五十がらみの女が、若侍を押えて前へ出

「おまえさまは……？」

尋ねられた銀次が、無言でグイッとつき出すご朱印札……丸の中に〝家斉（いえなり）〟。

老女の顔色がサッと変わった。

「調べさせてもらいますぜ。まず、死骸（しがい）を見せてもらいやしょう」

「はい、ご案内いたします……」

銀次は老女の案内で、ゆうゆうと若侍の間を通り抜けた。

奥まった八畳の間に、お雪の死体が横たえられている。――案外おだやかな死に顔だ。肉づきのよいあごの下から、両の耳の下へかけて、深く刻まれたみぞのあとは、細いひもで背後からグイッと絞めあげたもの……。

「おまえさんが、ずっとお雪さんについていたご老女かい」

「はい、路（みち）と申します。お雪さまがお部屋さまにおあがりのときから……もう、

かれこれ十年もお世話をいたしております。わたくしには、ご主人とも、かげではかわいい娘とも思うおかた、それが……」

お路は鼻をつまらせる。

「だれが死骸を見つけたのだえ？」

「それはわたくしでございます……」

お路の話はこうだった──ゆうべ、五ツ（八時）ごろのことだった。お雪は突然、お遺品のギヤマンのつぼを出してくれとお路にいいつけた。キリの箱に納め、紫の打ちひもをかけたつぼを持っていくと、お雪は、もう用はないが、ひょっとするといとこがたずねてくるから、表に戸じまりをせずやすむがよい……といった。

そのころ、朝の早い小女のお千はもうやすませてあったので、お路はもう少し起きていようと、納戸(なんど)で針仕事などをしていた。

ところが、昼間の疲れか、五ツ半（九時）の鐘をきいたのは覚えているが、いつしか、とろとろと眠ったらしい……という。

　何かしら、わッ……とわめく声に、ハッと飛び起きたお路が、奥へ駆け込んでみると、お雪が虚空をつかんでのけぞっていた。

「お雪さまの首にまきついていたのは、あれでござります……」

　お路の指さした床の間には、キリの小箱と紫の打ちひもが置いてあった。——そのひもが、お雪の命を奪ったのである。

「そのとき、お雪はすっかりこと切れていたのかえ？　なにかいわなかったか？」

「さア、わたくしは、ただもう夢中で表へ飛び出し、人殺しッ……と叫ぶなり、天水おけにもたれて、気を失ってしまいましたので。さいわい、西念寺のお十夜で、お参りの人がたくさん通っており、すぐわたくしは手当を受けましたが、気がついたときにはお雪さまを……」

「気を失うまでに、だれの姿も見かけなかったか？」

「それが……実は、表へ飛び出したとき、お参りの人たちの間を駆け抜けていく金太さんらしい人の後ろ姿を……」

と、そのとき――、

「――銀次とやら、お雪さまは、ご自害であろうな」

突然の声に、銀次が驚いて振り返ると、大久保彦左衛門(ひこざえもん)のようなしらがの侍が、目にものをいわせて、ジッと銀次を見つめていた。

お大名気質

牧野家奥家老佐久間伊織(いおり)――と、その侍は名のった。

「佐久間さま、自害にしては、背後にひもの結び目のあるわけがわかりませんよ」

「いやいや、銀次どの、ご自害じゃよ。お雪さまは、先殿さまのおいつくしみが忘れられず、おあとを慕うて自害されたのじゃよ」

「なるほど、そういうことだとすると、お屋敷にとってはつごうがよいでしょうが」

銀次は、伊織の顔から、お雪の死に顔に視線をうつした。

——これは、今までにも幾度か経験したことである。なにごともまずことなかれ……それが大名や旗本の第一の願いだった。

お雪が殺されたとなると、ご後室さま警護怠慢で、奥係り何人かのものが責任をとらねばならぬ。

万一、金太がお雪との情事をお白州でペラペラと申したてれば、それこそ家事不取り締まりで、牧野家の当主が大目付からどえらいおしかりを受けねばなるまい。お雪が、故佐渡守のお位牌をおあずかりしているだけに、事はめんどうである。

さらぬだに、将軍家では隠密まで使い、大小名のあらを捜し出しては、減禄転封のお灸をすえようとしている。先代のおめかけのことだからといって、安心してはおれない。つまらぬことが、とんだ大けがのもとになる時世なのである。

「佐久間さま、お雪さんが自害となると……」

「さよう、拙者がお役を引けば、事は納まるであろう」

「お雪さんは、浮かばれませんねエ」

「う……？　が、相当おもしろいこともされておるでなア」

「そのお相手の金太は、どうなるんで？」

「あの男は盗賊じゃよ。お雪さまが、先殿さまご遺愛のギヤマンのつぼの前でご自害なされた。そのあとへ忍び込んでつぼを盗んだのじゃ」

「そいつアかわいそうだ！　つぼぬすっとの科でバッサリお手打ち。それで金太の口をふさごうたって、あっしゃうンといえませんぜ」

「しかし、ギヤマンのつぼは真実盗まれている」

「この家の中はお調べになったのでしょうね？」

「すみからすみまで、お路やお千の荷物まで、若侍十人が手わけして捜したのじゃ」

銀次はじっと腕を組んでいたが――、

「金太はいま、どこにいるんです？」

「この家にいる」

「会わせてもらいましょう……金太から話を聞けば、ギヤマンのつぼのこともはっきりするかもしれません」

伊織はしぶしぶお路へうなずいた。

「親分さん、こちらでござります……」

お路が銀次を連れていったのは、薄暗い納戸(なんど)であった。——肩を怒らせた若侍ふたりの間に、後ろ手にくくり上げられた金太がひきすえられている。

「あ、御朱印の親分！」

地獄で仏に会った思いの金太は、思わず立ち上がろうとすると、

「ええいッ、さわぐなッ！」

ひとりの若侍が折れ弓のつえで、ピシリッと丸胴の火ばちをたたく。

「あ、もうし、手荒なことを——」

若侍の前にまろび出たお路が、火ばちを納戸のすみへかかえていって、たもとの端でぬぐいをかけた。

「ひでエめにあったなア、金太……いいあとは悪いっていうが、あぶらぎったの

にタップリかわいがられた報いだ。お新さんが泣いてたぜ」

銀次のあけすけなことばに、若侍はいやな顔をしたが、金太は顔をくしゃくしゃにして首を振った。

「親分、あっしゃ何も知らねエんだ。いくらいいことのあとは悪いかしらねエが、これじゃあんまりひどすぎる……」

「おまえゆうべ四ツ（十時）ごろこの家へきたのか？」

「来ましたよ。お雪が来いといったんでさア。実をいやア、きのうの昼間、あっしがこづかいをせびったんだ。すると、現金はねエから、何か品物をやる。それを曲げて金にしろってね、——今までにもちょくちょくそんなことがあったんですよ」

「いくら夜中だとはいえ、表からノウノウとつらア出すとはいい度胸だぜ。かりそめにも相手はお大名のご後室さまだ」

「あっしにとっちゃいとこですからねエ」

「けッ、いとこどうしはタイの味か……」

「かんべんしておくんなさいよ、親分。それに、ここんところお十夜で、この前は人通りが多いんでさ、お参りの人に混じってりゃ、たいしてつらもささねエ」

「とんだご信心だ。で、お雪に会ったのか？」

「会いませんよ、格子戸から中をのぞくと、やぼな幅広の雪駄が二足並んでるじゃありませんか。こいつアいけねエ、土手三番町の屋敷から、こうるせエ奥家老でも来てるんだろう……ごめんなせエ、あっしゃ正直にいってるんでさア」

　金太は、両側の侍にペコリと頭を下げた。

「そいで、おめえはそのまま引っ返したのか？」

「へエ、どうせ今夜のものにゃなるめエと思ったもんで、テクテク深川までけエりましたよ。家についたのが九ツ（十二時）少しまえでした」

「おめえが帰るとき、うしろから、人殺しッ……という声は聞かなかったのか？」

「いいえ、あっしゃけさ大木戸のガマ常親分から踏ン込まれるまで、何も知らねエんで」

　銀次がチラリとへやのすみを見ると、無意識に火ばちのみがきを続けながら、お路がジッと、冷たいひとみで金太を見つめている……。

「金太、おめえ、ギヤマンのつぼは――」

「あっしゃ知りませんよ。見たこともねエんで。お雪がゆうべあっしにくれるはずの品物がそれだったかどうかさえ、知りませんよ」

「おめえ、お雪が死ねば、この家の釜の下の灰までおめえのものになるといったそうだな?」

「お雪にゃ、ほかに身内がありませんからね、たぶんそうなると思ったんです」

金太は、あたりまえのことじゃないかといいたげな顔を上げた。

執念の鬼

納戸を出た銀次は、お路に小女のお千を呼ばせた。
十六、七、世間ずれのしていない、いい娘だ。
「おまえこの家に来て何年になる?」

中庭の、日当たりのよい飛び石の上にしゃがみ込んでたずねると、お千は年のわりにははっきり答えた――。

「去年の春、ご後室さまがここへおいでになったときからです」

「お雪は、どんな女だった？」

「きさくな、よいかたでした。ただ、なんと申しますか、ちょっとむら気なところが……」

「金太はたびたびやってきたかい？」

「去年の夏ごろまでは、よくおいでになったけど、その後はほんのときたま……でも、お路さまは、ご後室さまはそとで金太さんと……」

「なるほど、年の功で、お路は感づいていたんだな……おまえたちは、どういう約束で働いてたんだ？」

「お路さんは一生奉公……あたしは二年のお約束です」

そこで、銀次はふいっと話を変えた――。

「ゆうべ客はあったかえ」

「いいえ、どなたも……」

「この家に男物の雪駄(せった)はあるのか？」

「はい、お屋敷のお使いが、雨の中をおいでになったときなどのはき替えに、

五、六足用意してございます」
「ゆうべの騒ぎは、知らなかったのか？」

「あの……あたくし、みなさまがお路さまを運んでおいでになるまで……」

健康なこの娘は、グッスリ眠っていたものらしい。


「おい、六……」

お千を帰すと、ポーッと初冬の空を仰いでいるヒキ六へ声をかけた。

「へエ、なにかご用で？」

「ちょいと、やっかいな捜し物だよ」

「合点！　ギヤマンのつぼでしょう。さがしますよ。――だがね、親分、あっしゃ生まれてこのかた、ギヤマンてもなア見たことがねエ。あっしゃもともと瀬戸物びいきでねエ」

ヒキ六、ヘンなみえをきっている。

「ウフッ、おれもご同様、瀬戸物びいきだよ。見たこたアねエが、うわさは聞いている。なんだか知らねエが、色のねエものだそうだ」

「ヘエ！　色がねエんですかい！　あっしゃ色のねエものといえば、水か氷のほかは知りませんぜ」

「水!?」

銀次のまゆが、ピクッと動いた。

「六ッ、命がけだがやってみるか？」

「エヘへ……ありがたいねエ。あっしゃこのごろ胃がもたれてねエ、命が縮まるようなめにでもあったら、さぞかしスーッとするだろうと思ってたんですよ」

「この野郎、命がけの仕事を溜飲の妙薬だと思ってやがる……」

笑いながらささやいた銀次のことばに、ヒキ六の顔がキューッと引きしまる。

「どうだ、六、やれるか？」

「ヘエ、なんだかこう、胸がすいてきましたよ。もう少しでさっぱりしまさア」

言い残してピョンピョン飛んでいくヒキ六……そのうしろを見送った銀次は、クルリッときびすを回すと、お雪の死骸のある八畳へ。

佐久間伊織とお路が、黙りこくって銀次の帰りを待っていた。

「佐久間のだんな、どうやらギヤマンのつぼは、すぐ近くに隠してあるようですぜ」

伊織とお路がギョッと顔をあげる。

「そんなはずはない。家の中は調べ尽くした」

「へへ……中じゃありませんがね、まア中のようなものでさア」

なぞのような銀次のことばに、伊織は首をかしげた。

「ところで、佐久間のだんな、ギヤマンのつぼが出たら、金太はどうなるんで」

「つぼが出ても、金太が盗んだものではないという証拠にはなるまい」

「どこに隠してあるかを知っているあっしが、盗んだやつを……お雪殺しの下手人を知らぬとお思いですかい?」

「だれだというのじゃ?」

「まア、ちょっと待っておくんなさい。論より証拠、まンずギヤマンのつぼをとりよせてご覧にいれましょう。そのうえで下手人はだんなにおまかせしますよ。それからもう一つ、金太は器用に渡しておくんなさい。お雪とのことは、今後ひとことだってしゃべらせませんよ。そのこたア、御朱印銀次が男にかけて引き受けますよ。もちろん、あっしもしゃべらねエ」

「しかし——」

伊織が何かいおうとしたとき、ガラガラガラッとけたたましい物音が表から聞こえてきた。

どうやら、天水おけのたるがひっくり返ったらしい。

「あッ、おのれッ！」

「なにをするのだッ、それッ、逃がすなッ！」

若侍たちのわめき声が響いてくる。続いて、バタバタッと入り乱れる足音！

「あったッ！　親分、ギヤマンがあった！」

その声は確かにヒキガエルの六助だ。

と——ギャッと絶え入る女の悲鳴！

「やッ、お路ッ、どうしたのじゃッ」

伊織があわてて抱き起こしたお路の胸には、覚悟の懐剣が柄（つか）もとまで突き刺さっていた。

「だんな……それでいいんだ。そのほうがお路はしあわせですよ。牧野さまにもつごうがいい。お雪殺しの下手人は、もうつかまりませんからね、世間体はなんとでもごまかせまさア」

驚く伊織に、銀次は寂しくほほえみかけた。

＊　＊　＊

お会式をあすにひかえて、けいこのうちわ太鼓が、どこの裏町からか、ドコドンツクと流れてくる。

銀次に並んでヒキ六、そのうしろから金太がうなだれてついてきた。――竹町裏へ帰りを急ぐ三人である。

「どうにもわからねエ。ギヤマンのつぼが天水おけの中にあることが、どうしてわかったんですかえ、親分？」

ヒキ六が、ドングリ眼をクルクルさせて銀次を見上げた。

「お路は、お雪のいいつけでギヤマンのつぼをとり出したときに、金太が夜ふけにやって来て、いままでのように、こんどはつぼを持っていくことをさとったのさ。そこで、客もないのに雪駄を二足並べて金太を追っぱらい、それを見とどけてから奥へ行って、紫の打ちひもでお雪を絞め殺した」

「お雪は、まさかそんなめにあうとは思わねエから、お路が打ちひもを持っても安心してたんですね」

「そういうわけ……そこでお路は、つぼをひっつかんで表へ駆けだし、人殺しッ！　と叫ぶなり天水おけへ近より、気を失うふりをしてつぼを天水おけの水の中へ沈めた」

「あッ、なーる！　色のねえギヤマンを沈めたんじゃ、上から見たくらいじゃちょいとわからねエ。うまく考えやがった……ところで、親分、まだ納得いかねエ。もっと早くお雪を殺して、どっかへ隠すって手もあったのじゃありませんかね？」

「それがお路の悪がしこいところ……あまり早く殺して死骸が冷たくなりすぎちゃ、かえってあやしまれる。なるべく殺されたばかりと思わせなきゃいけねエ」

「ふーン、考えやがったなア」

「もう一つ、遠くへ隠しに行っている間に、金太がやって来たり、お千が目をさましちゃぶちこわしだ。だいいち、遠くへ隠すよりは、すぐ近くで人目につかぬところへ置いておきたかったのさ」

「驚いたね、どうも、親分はいつからお路とわかりましたかね」

「納戸（なんど）で金太と会ったときからだよ。若侍が折れ弓で火ばちをひっぱたいたろ。すると、お路が、——あれ、手荒なことを……といった。金太をかばうのかと思ったら、そうじゃねエ。火ばちをかばって、たもとでみがきをかけていた。お路はお雪がいろいろな品物を次々に金太へくれてやるのが、身を切られるほどつらかったんだ」

　すると、金太が驚いたように、

「そいつア変ですぜ、親分、あの品々はお路のものじゃねエ」

「そのわけは、ヒキ六兄イがよくご存じだ」

「と、とんでもねエ！」

　ヒキ六が、キョトンと立ち止まった。

「あっしにゃわかりませんよ」

「あれ、もう忘れたんかい。おめえはけさ、小袖からケンツクを食わされたじゃねエか——そのたらいはあたしが三年越しみがいたんだよ……ってね」

「あ、あのことがなにか……?」

「お路は十年近くお雪の世話をして、道具類をみがきたてている。これからも、一生あの品々といっしょに暮らせると思っていたんだ。ところが、金太が一つずつ持ち出す。お路はあせった。お雪を殺して金太を下手人にすりゃ、ほかに身寄りのねエお雪の道具は、一生奉公のお路にお下げ渡しになると……小袖がいっていた——情が移ると畳のケバまでかわいいってね」

「けッ、なーんだい、また小袖ねえさんのおてがらですかい、親分……」

それには答えず、ニンマリ笑う銀次の耳へ、またうちわ太鼓の音が響いてきた。

第九話　裸体美女

ミカンの種

「親分、どうもこうも、たまらないいろけじゃありませんか……」

ゴックリなまつばをのむヒキガエルの六助を、銀次は横目でにらんだ。

「バカ野郎、つまらねエことをいうもんじゃねエ……」

小声で銀次がたしなめたのも道理、ヒキ六のドングリ眼がなめるようにながめているのは、四半刻（三十分）ほどまえに神田川から引きあげた娘の死骸だった。身につけているものといえば、乱れたおとめ島田にまつわりついている赤い結い綿がただ一つ、からだは腰布さえもまとわぬまっ裸だった。

あと十五、六間で大川へはいるという柳橋の上流、第六天門前の河岸っぷちである。時刻は、冬の夜長がやっと明けたばかりの六ツ半（七時）すぎであった。

「仏をあげたのはとっつぁんだね？」

銀次は、うしろで寒そうに鼻水をすすっている橋番のじいさんをぐいとばかりにふり返った。

「ヘエ、あっしゃ浅草橋の橋番ですがね、しらじらとあけた川っつらをながめていると、プカーリ、プカーリ、この仏が流れてくるんじゃありませんか。朝っぱらから縁起でもねエとも思いましたがねえ、まさか捨てとくわけにもいきませんん」

「そいつアご苦労だったな。だがよ、とっつぁん、いいことをしたぜ、極楽へ行ける……」

「エヘヘ……まだ死にたかありませんよ。とにかく仏を岸にあげようと思ったが、おりあしく引き潮でしょ。グングン流れていく。大川へ出しちまっちゃことだと、夢中で追っかけて、やっとここであげたんですよ」

「そんときから赤裸か?」

「そうですとも、あっしゃ湯灌場買いじゃありませんからね。仏の衣装をはぐようなことはしませんよ。だいいち、この娘さんが裸で神田川へ飛び込んだこたア、たがね屋の番頭さんがいちばんよく知ってまさア。親分、この仏は、たがね屋のひとり娘のお鶴さんですよ」

「たがね屋といや、昌平橋に近い湯島横町の質屋のか？」

銀次のことばに、橋番の背後から、もう一つ同じようなしらが頭が顔を出した。

「あいすみませんでございます。てまえはそのたがね屋の番頭で仙蔵と申しますんで……」

「なにも番頭さんがあやまるこたアねエよ。それより、こりゃいったいどうしたわけなんだ？」

「ヘエ。実は、お鶴さんの行くえは、昨夜からさがしておりましたので……」

こう前置きして、仙蔵は次のような事情を説明した。

——昨夜のことであった……。

店を締めたのが五ツ半（九時）それから質草をかたづけたり、帳面を合わせたりしていたから、もうかれこれ四ツ（十時）ごろであったろう。

とつぜん奥の間から、

「――お鶴ッ！　なにをおしだえッ!?」

という後家のお竜のけたたましい声。それにつづいて、

「あれ、お嬢さん！」

と、女中のお金が叫んだかと思うと、丸に金の字を染め抜いたのれんをぱっとはねあげて、まる裸のお鶴が飛び出してきた。

「やッ、これは！」

店には番頭の仙蔵をはじめ、手代の新吉、小僧の松吉、それにいそうろう兼用心棒の船津門之助もいたが、一同があっけにとられているうちに、お鶴は土間に飛びおり、大戸のくぐり戸から外へ飛び出してしまった。

「みんなッ、お鶴をつかまえておくれッ」

お竜後家の金切り声に、男たちが戸外へ駆けだしたときには、お鶴は神田川の土手をかけのぼっていた。

「あッ、お嬢さんが！」

だれかが叫んだ。たぶん小僧の松吉であったろう……と、次の瞬間、ドボン……と水音が響いて、お鶴の姿は見えなくなった。

「それっきりでございますよ、親分……お店ではさっそく町内の頭や若い衆を呼び集め、手わけをして川筋をさがしたのですが、とうとう見つかりませんでした」

「この寒空だ。素っ裸で夜の川へ飛びこんじゃたまるまい……それで、なにかい、お鶴にゃ乱心のけでもあったのか?」

「さア、いくらか内気なほうでしたが、若い娘さんにしてはおちつきのある、よいお嬢さんでした」

「別に、死なねばならぬわけもねエのか?」

「心当たりはございませんよ。来年の春そうそう、手代の新吉を婿に、たがね屋ののれんをつぐことになっていたのですけれど……やはり乱心でしょうか」

「すると、新吉はお鶴のいいなずけてエわけだが、なぜ死骸をひきとりに来ねエのだ?」

「それが、その……あらぬことをわめきたてますので、門之助さんがとりおさえているんです」

「あらぬこと!?」

「ヘエ、まったくつまらぬことですが、——お鶴さんは殺されたんだ……などと……まア、新吉にしてみれば、あきらめられないでしょうが……」

銀次は、しばらく仙蔵の表情を見詰めていたが、やがて、ゆっくり視線をお鶴の死骸にうつした。

豊かな腰、むっちりと盛り上がった胸、ヒキ六がいうようにいろっぽく、またそれだけに、すさまじいまでに妖気(ようき)をはらんだ死骸である。

——こんな美しい娘が、なぜまっ裸で冬の神田川なんかへ飛び込む気になったか。いいなずけの新吉ならずとも、いちおうは『殺し』と考えてみたくなるが、見たところは水死にまちがいはないし、飛び込むところを、仙蔵はじめ何人かが見ているのだから問題にはならない。

銀次は、ふと死骸のくちびるを指で開いた。口の左端が、ちょいと持ち上がっていたからである。

「おや、なんでしょう、親分?」

ヒキ六も背後からのぞきこんだ。——かみしめた白い歯の間から銀次がつまみ上げたのは、小さなくだものの種であった。

「ミカンの種ですかね……」

「いや、ミカンにしては少し大きすぎる。それに、色も白い」

「じゃ、ダイダイですかね」

「まア、そんなところだろう……なぜこんなものをかんでいるのか……?」

小首をかしげながら、銀次はその種を、はな紙の間にはさんだ。

冬至の湯

いちおうヒキ六を湯島横町のたがね屋へ走らせて、銀次はひとりで竹町裏のあばらやへ帰ってきた。

「あ、ちょいとお待ちになって……」

奥から小走りに出てきたあねさんかぶりの立花家小袖が、パッパッと塩を銀次の肩先へ振りかけた。

「はい、お清めがすみましたよ」

「来ていたのかい、小袖さん?」

「きらわれていると知りながら、来ないじゃいられない……あたしゃ自分で自分の心がわからないんですよ、親分」

「よしなよ。おれアそんなことをいってるんじゃない……いきなねえさんたちの外出にしちゃ、時刻が早すぎるので驚いたのさ」

「親分、きょうは二の酉ですよ。浅草の大鳥さまへお参りに行こうと思いましてね」

「お酉さまは夜のほうがにぎやかなんじゃないか。芸者衆がくまでのかんざしをつぶしのまげにさして、観音さまの大ぢょうちんの下を通ってるのなんか、江戸でなくちゃ見られねエよ」

「あいにくとあたしゃ、夜のお酉さまへお供させてくださるようなごひいき筋がありませんのさ。親分にそんな情があったら、あたしゃ心そこうれしいんだけど……」

「おっとっと……とんだ風向きだア……どうやら、おれは生まれつきのやぼてんでねエ」

「あい、お酉さまに連れてってくれとはいいませんよ。でもねエ、親分、せっかくあたしの持ってきたものくらい、たべてくれたっていいじゃありませんか」

「はてね？」

「キンカンにニンジン、それからギンナン。きのう神だなに置いていったら、けさまでそのままは、ちょいといやみですよ」

「おや、あれはおれが食うのかい？」

「いやですよ、親分。キンカンもニンジンもギンナンも、みんな『ン』の字が二つ重なっている。『運』が重なるようにって――」

「ヘーエ、そんなまじないがあるのかい。それにしちゃ、おれのきれエなものばかりだなア」

「きのうは冬至じゃありませんか。『ン』の字の重なったものをたべて、ユズ湯にはいるものですよ」

「アッハハ……ひとり者はのんきだ。冬至もお酉さまもてんで頭にねエんだから」

「女房になりたがってる女がいて、さぞお目ざわりでござんしょうよ……」

小袖がわざと、ツンと斜めにすねたとき、銀次の顔色がサッと変わった。

「小袖さん、ちょいとこれを見てくれ……」

急いでふところから取り出したはな紙をパンと二つに開くと、中にさっきの小さな種が一つはさまっている。

「小袖さん、これをなんの種と目ききする？」

「さア……目ききじゃだめ、鼻ききしてみなくっちゃ……」

そういいながら、小袖ははな紙のまま種を顔へ近づけたが――、

「なんだア……男ってだめなもの……これはユズじゃありませんか！」

「えッ、やっぱりユズか！」

思わず銀次が叫んだとき、ヒキ六のまのぬけた顔が、ヌッと現われた。

「エッへへ……おじゃまじゃありませんか？」

「いやだよ、この人は……じゃまにきまってるじゃないか、気のきかない」

「あいたったった……！　こいつア手きびしい！」

大げさにそっくり返るヒキ六へ、

「いいかげんにしな……六、この事件は、思ったより根がありそうだぞ。おめえ、たがね屋のもンにひとわたり会ってきたのか？」

「いえ、いろけづいた小僧の松吉を呼び出したんですよ。子どもだ子どもだと思っているると、案外いろんなことを知ってるもので……あっしが兄貴の色事をかぎ出したのが十四、松吉も十四ですよ」

「おめエはませてたのさ。松吉もそうとはかぎらねエ」

「ところが、松の字、あっしどころじゃねエんで……後家のお竜と、用心棒の船津門之助と、死んだお鶴の色合戦から、手代の新吉と女中のお金のぬれ場まで、すっかり知ってやがる……」

「ふーム、ちっとややこしいじゃねエか」

「こうなんですよ、はなはお鶴と門之助ができたんだ……ところが、後家のお竜が若い門之助をつまんで、娘を手代に押しつけようとした。その手代の新吉は、女中のお金とよろしくやっていたが、たがね屋の婿になれるとなりゃ女中なんかにかまっちゃいられない。それに、お鶴とお金じゃテンから女が違う。お金は相模のしり軽だ。あっしだってお鶴のほうがいいですよ」

「親子でひとりの男をとり合ったのか」

「お竜は死んだたがね屋の主人ののち添えで、お鶴とはまましい仲、親子といっても血はつながっていませんよ」

「ちえッ、それにしてもいやらしいばばアだ、お竜はいくつだ？」

「ばアさんどころか、三十になるやならず。あぶらっこいうまみざかりですよ」

「あれ、六さん、いけすかないよ……」

小袖が軽くぶつまねをしたときには、銀次はもう立って帯を締めなおしていた。

「六ッ、湯島下まで急ぐぜ」

「へエ……どうかしましたか？」

「どうもこうもあるものか……ふてエやつらだ」

「だ、だれがですかい？」

「そいつア行ってみなくっちゃわからねエ……」

そういいながら真新しい麻裏をつっかける銀次……背後から小袖が、カチッと切り火の火花で送り出した。

三十後家

お鶴の死骸（しがい）を横たえた座敷に銀次とヒキ六がはいっていくと、集まっていた七、八人の男女が明らかにいやな顔をした。

「もうご検死は済ませていただきましたが……」

切り口上でそういった大まるまげは、たがね屋の女主人お竜だった。

「お上にご不審がありゃ、幾度でも調べなおすぜ。場合によっちゃ、墓場に埋めた仏だって掘りかえすんだ」

銀次は一歩もひかない気構えを見せて、グイッと死骸ににじりよると、顔にかぶせた白い布を持ち上げた。

「あ——、争われねエもんだ。この美しい顔一面に、あきらめきれねエ恨みがみなぎっていらア。さぞくやしかったこったろう……」

ひとりごとをつぶやくように、ジロリと一座を見渡した銀次は、すばやく何人かの顔色を読んでいた。

キッと紅唇（こうしん）をかんでいる後家のお竜。なるほど、まゆのあともみずみずしく、小太りした肉置(ししお)きは、まだまだひとり寝は無理だろう。

　用心棒の門之助は長い刀を一本抱いて、どこ吹く風とあごをなでている。二十六、七、苦み走ったいい男だが、その日その日さえおもしろければ、あすはどんな風が吹こうが知ったことではないといった顔つき……。

　番頭の仙蔵(せんぞう)と、駆けつけた親戚(しんせき)たちは、銀次のいった意味がわからず、キョトンとした顔をしている。

　なかで、ブルブルと両手をふるわせ、飛びつくような勢いで前へにじり出たのが、舞台で見る清十郎のような優男の新吉だった。

「親分、そのとおりですよ。お鶴さんは、恨んで恨んで、恨み死にしたんです。そうでなけりゃ、いい娘が、なんで裸で川へ飛び込むものですか……お鶴さんは、みんなからいびり殺されたようなものです！」

「新吉ッ」

　お竜が激しい声でしかりつけた。

「あまり変なことをおいいでない。いびり殺しされるなんて、人聞きが悪いよ」

「いいえ、おかみさんや、門之助さんや、お金のやつまでいっしょになって

「……」

「おや、おまえだけいい子におなりかえ？　いやだいやだというお鶴に、日がな一日からみついていたのは、どこのだれだえ？」

「そ、それは、おかみさんが、あたしをお鶴さんの婿にするとおっしゃったので、あたしはお鶴さんのそばから離れなかっただけではありませんか」

「あたしは、お鶴さえ承知したら、おまえを婿にしてもよいといったはずですよ。そしたら、おまえは、幾度もお鶴を手ごめにしようとしたじゃないか……あたしはちゃんと知ってるよ」

これではまるでどろ試合だった。

「――番頭さん……」

銀次は番頭の仙蔵へ声をかけた――。

「河岸(かし)での話じゃ、お鶴さんにゃ自殺するわけはない。新吉との婚礼を楽しみにしていた。こんどのことは、たぶん乱心だろうといっていたが、だいぶ話が違うじゃねエか」

「まことにどうも……なにごともお店だいじと考えたものでございますから……」

「お店だいじも、時と場合によるぜ……人殺しとなりゃ、たがね屋の五軒や六軒、おとりつぶしになってもしかたがねエんだ」

「えッ、あの——人殺し!?」

「そうさ。お鶴は殺されたのだよ」

「めッ、めっそうな。お嬢さんが神田川へ飛び込むのは、あたくしもはっきり見ておりましたよ」

「ふン……番頭さん、ちょいと顔を貸してくれ……」

銀次は仙蔵を連れ出すと、まっすぐ湯殿へ案内させた。

中へ一歩はいると、プーンとユズのかおりが鼻をうつ……。

「番頭さん、この湯に、家族全部がはいるのかえ?」

「いえ、これはおかみさんとお嬢さんだけで……使用人は表の湯屋へ参ります」

「ゆうべユズ湯をたてたんだね?」

「はい、冬至でしたから……」

「ときに、女中のお金の姿が見えなかったが……」

「台所で通夜のしたくをしていますんで……」

「相模のものだってね？」

「ヘエ、三崎港の生まれですよ」

「じゃ、泳ぎは達者だろうね？」

「えッ、泳ぎ!?」

「おい、番頭さん、はっきり返事をしてくれ……ゆうべ、まっ裸で家を飛び出し、神田川へドンブリ飛び込んだなア、お鶴さんだったか？」

「は、はい……」

「もし、お金が裸で飛び出したとじたら、おめえたちにお鶴との見わけがついたか？」

「な、なにぶん、大戸を締めたあとで、お店は薄暗うございましたが、お嬢さんを呼びとめるおかみさんやお金の声が聞こえましたので……」

「はなからお鶴ときめていたってわけか……番頭さん、ここへお金を連れてきてくれ……」

ところが、お金を呼びに行った仙蔵はなかなか帰ってこなかった。――お金の姿が、どこにも見つからなかったのである。

見つからないはず、そのころお金は、土蔵の二階で、冷たい死骸(しがい)になっていた……。

「おッ、親分ッ！」

仙蔵がまろぶようにして銀次のところへやって来たのは、およそ四半刻（三十分）ほどもしてからである。

お金は、土蔵の二階の梁(はり)から細引きでくびれ死んでいた。ダラリとたれた足から一尺ほど離れて、小さな踏み台が置いてあった。

グーッとのびた首に、細引きが食い込んでいる。女中には惜しい色白のいい顔だち、チラッとまゆをよせて、グッタリ顔をたれているが、別に苦しそうな様子はなかった。

「銀次とやら、これはおぬしの手落ちだぞ……」

土蔵から出ると、入り口の前に集まっていた人がきの中から、船津門之助がかみつくように声をかけた。

「ヘエ、まんまと裏をかかれましたよ」

「裏をかかれたでは済むまい。仙蔵の話では、昨夜神田川へ飛び込んだのは、お鶴ではなくお金だと、おぬしはいったそうだな？」

「確かに申しましたよ。事実そのとおりなのですから……」

「バカを申せ。昨夜は拙者も店にいて、お鶴が家を飛び出すのを見たのだ」

「そりゃ見まちがいでしょう……お鶴は、それよりずっとまえに、湯殿で殺されたのですから」

そのことばに、一同がギクッと顔をあげた。

「おかみさん、ゆうべお鶴さんが湯へはいったのは何時ごろでしたかえ？」

「さア……六ツ（六時）か、少しあとでしたかしら」

「いかに長湯でも、六ツ半（七時）には湯から出たはずだが、それからお鶴さんはどうしましたえ？」

「あたしと差し向かいで夕御膳をいただきましたよ」

「ふたりっきりでですかえ？」

「お金が給仕をしました」

「そのお金が死んじゃ、うそかほんとうかわからねエ」

「まア、親分、あたしがなんでうそを……」

「だがね、おかみさん……お鶴さんはユズ湯へはいっているところを殺されたんだ。首筋をつかんで湯舟の中へ押し込み、むごたらしく殺されちまった。お鶴さんは神田川の水を飲んで死んだのじゃねエ、ここのユズ湯の湯を飲んで死んだ」

銀次ははな紙の間のユズの種を、コロリと手のひらにころがした。

「証拠はこのユズの種だ。こいつアお鶴さんの口の中から出たのですぜ」

「――親分、すみません……」

お竜は軽く頭を下げると、そで裏で目がしらを押えて、

「あたしは娘の恥をかくしてやりたかったのですよ。そんなこととは夢にも思いませんでした。またいつものように、どこかで男と忍び会っているものとばかり思い、夕御膳は、あたしひとりでいただきました」

「すると、四ツ（十時）どきの一件はどうなるんですかえ？　家を飛び出す裸女のうしろから、おかみさんは『お鶴ッ、なにをおしだえ！』と、どなったそうだが……」

「それは……奥の座敷で絵草紙を見ていると、バタバタと廊下を走る足音が聞こえたんですよ。ハッと立って障子をあけると、裸の女が、店のほうへ駆けていくじゃありませんか。あたしは夢中で、『お鶴！』と呼び止めました。それがお鶴だとばかり思っていたもんですから……」

銀次はむっつり口を閉じると、背後で肩を怒らしているヒキ六を振り返った。その目つきをすばやく読みとったヒキ六が、ぶらりぶらりと、けどられぬように一同のうしろへ回る。

なんとなく切迫した空気だ。後家のお竜、番頭の仙蔵、手代の新吉、船津門之助、それから親類縁者、出入りの鳶（とび）の者まで、息をのんで銀次の顔を見守っている……。

その銀次は、ジッと腕を組んで、目を閉じたまま動かない。

「ふーム、わかったぞッ！」

門之助が、息苦しさを破るようにして口を開いた――。

「お鶴殺しの下手人はお金だ。お金は力が強い。四斗俵を軽々とさげるのは、みんな知っているはずだ。お鶴を湯舟で殺した。殺したわけは、新吉をとられた腹いせだろう。しかし、殺しっぱなしではつごうが悪い。なんとか自害に見せかけねばならぬ。ところが、死骸（しがい）に着物をきちんと着せることは、なかなかむずかしい。そこで考えたのが、神田川入水の一幕。お金はみずから裸になって、お竜どのをはじめ、われわれ一同の目をまんまとごまかし、お鶴をよそおうて神田川へ飛び込んだのだ。三浦三崎生まれのお金は、水泳ぎの名人だ。われわれがさわいでいる間に、こっそり岸にあがり、すきをねらってお鶴の死骸を川へ投げ込んだ……」

「まア！　船津さまのおことばどおりにちがいありません。そういえば、いちいち思い当たることがございますよ」

お竜があいづちを打つと、門之助はいよいよ調子づいてことばを進める――。

「しすましたり！　と、お金は思っていたことであろう。ところが、きょうになって、銀次が十手とりなわで乗り込んできた。しかも、仙蔵を湯殿へ連れこんで話をしている。お金はソッとおもてで話を立ち聞きしたことであろう。そして、疑いが自分にかかっていることを知った。もうのがれぬところ……こう覚悟してみずからくびれた。いやはやどうも、ひとの命もそまつにするが、自分の命も軽々しく扱うやつじゃよ……」

そういって我とわがことばにうなずく門之助……実に、見ていたようにあざやかな判断である。

お竜はほれぼれと門之助を仰ぎ、新吉はガックリうなだれ、仙蔵は首を振って感心している。

が、銀次は、ニヤリと笑った。

「船津さん――と、おっしゃいましたね。お金は首をつったのじゃありませんぜ。これも殺されたのでさア」

「な、なんと申す!?」

がくぜんとする門之助……ほかの者も驚きの顔をあげた。

「お金の足は、踏み台から一尺も離れてましたよ。元来、首つりてエやつは、踏み台に乗って首になわをかけ、ポンと踏み台をはね飛ばしてぶらさがるのが定法……ところが、お金は、踏み台から一尺余りも飛び上がって、ヒョイッと、細引きに首をつっ込んだことになりますが、こんなことができるもんじゃねエ」

「えッ、それでは……!?」

「だれかがお金に首をつらせ、あとから踏み台を足の下へ置いたんでさあ。さて、そこがおもしれエとこ、天網かいかいなんとやら、踏み台の高さが、首つり女の足から一尺余り離れているのに気がつかなかった」

「では、だ、だれがお金に首をつらせたというのだ。首を絞め殺すのはぞうさないが、首をつらせることはなかなかできぬぞ」

「お鶴を湯舟で殺したやつにはできるはずですよ」

「なにッ！　お鶴を殺したのはお金でないというのかッ!?」

「いかに力のある女でも、人間ひとりを湯の中へ沈めるのは、おいそれとできることじゃありませんよ。こいつア男のしわざだ。それも、柔術の心得のあるやつ」

「なんだとッ！」

「お金は当て身に気を失った。それを細引きにひっかけたんだ。なればこそ、ちっとも苦しんでいねエ。青っぱなひとつたらしていねエのは、首をつるまえに、半ば死んでいた証拠――。おいッ、六ッ、そいつを逃がすなッ！」

だしぬけに叫んだ銀次の声に、誘いをかけられたように門之助がパッと横に飛んだ。

「うわッ、とうとうしっぽを出したなッ、門之助、御用だッ！」

「うぬッ、武士に向かってッ！」

「くそっくらえッ、御朱印銀次の目から見りゃ、さむれエも町人もねエッ」

その声と同時に、方円流手練の早なわが、ピューッっと門之助の右手首にからみついた。

「あれ、門之助さん！」

あわてるお竜のうしろから——、

「えッ、その女もぐるだ、捕えろ」

「合点、たがね屋お竜、御用ッ！」

ヒキ六が、威勢のいい声を張り上げた。

＊　＊　＊

「こんどの一件は、絵解きがなくても、あっしにもよくわかりますよ。つまり、なんでしょう、お金はお竜と門之助にあやつられたんでしょう？」

湯島下からの帰り道である。

「うン、お竜にとっちゃ、お鶴はじゃまだ。門之助をひとり占めするためにも、たがね屋の財産を自由にするためにも、お鶴を消しちまったほうがいい。門之助も、うぶなお鶴よりは、コッテリしたお竜のほうがおもしろい。そこで、たくらんだのが湯殿殺しの一件、とんだ女幡随院（ばんずいいん）だ。そして、泳ぎの達者なお金を抱き込んで、一役買わした」

「お鶴がいなくなりゃ、おまえは新吉の女房になれるよ……なんてだましたんでしょうね」

「たぶんそんなことだろう。ところが、ユズの種からおれがユズ湯に目をつけたと知ると、あっさりお金をねむらして罪をしょわせようとした」

「悪いやつらですねエ。お金こそ災難だ」

「なアに、これもしり軽女の自分でまいた災いの種さ」

「ところで、親分、こんどの捕物(とりもの)は、あざやかでしたね。小袖ねえさんにいばれますぜ」

「いや、いけねエ。きのうが冬至で、ユズ湯をたてることを教えてくれたのは小袖だよ」

「えッ、ちえッ、こいつアおもしろくねエなア！」

神田川沿いに歩きながら、銀次とヒキ六は顔を見合わせて大声で笑った。

第十話　ふぐ太夫(だゆう)

立女形(たておやま)の死

「ウフッ、六や、おめエ、やっとこもとの顔になったぜ……」

柳湯を出た銀次が、手ぬぐいを肩口にほうりあげてから、後ろに続くヒキガエルの六助を振り返った。

きょうは師走(しわす)の十三日、江戸の町々には一日じゅうすす掃き竹の音が響いていたが、川柳点の〝飛び込んできようがすすのしまいなり〟で、銀次とヒキ六も、いま柳湯の洗い場へ、一年のすすを流してきたばっかり……。

「きょうは野郎の厄日だね、親分。御朱印の親分もヒキ六兄イも形なしだア。そこへいくと女はとくだよ。小袖ねえさんなんかあねさんかぶりで、あけエたすきをかけてよ、はたきをトントントン……なんて、いろけがあるよ、まったく」

「おめエだっていろけがあったぜ。黒いはなたらして、ぞうきんで大の字ばかり書いてたが、とんだおいろけでおもしれエ」

「おもしろかアありませんよ。親分がおん大将で、小袖ねえさんが軍師、雑兵はあっしひとりだからやりきれねエ。縁の下へもぐり込むのも、天井裏をはいまわるのも、あっしの役目だ。えれエめにあっちまった」

「うそウつけ……おめエ天井裏で、ネズミの子と遊んでたじゃねエか」

湯あがりのほてったほおを、筑波颪がサーッとなでていく。

「おやッ、親分、白いものがチラチラしてきましたよ」

いってるうちに、大きなぼたん雪が、ともえをまいて落ちてくる。

「いけねエ！　急ごうぜ、六兄イ」


神田川を左ににらんで、小走りに駆けこんだ竹町裏……。

「おう、小袖さん、今夜ア冷えるぜ……悪いものが降り始めた」

「あら、お帰ンなさい……」

あがりかまちで手ぬぐいを受け取った竹町芸者の小袖は、まだ、花菱を染め抜いた手ぬぐいでいきなあねさんかぶりだ。

「小袖さん、いいかげんでうっちゃっときねエ。いくらみがいたってみがきばえのしねエ棟割りの長屋御殿だ。はええとこ晩飯にしよう。六兄イがいっぺえ飲みたくて、さっきからペロペロ舌なめずりしてらア」

「エヘヘ……やっぱり親分は話がわからア。これで、フグのひれ酒といきゃ、小袖ねえさんも話がわかるおひとなんだが……」

「バアカ、フグにすすは禁物、命とりだぞ」

「だけどねエ、親分、あいつアあったまりますぜ」

　すると、いつもはツといえばカアと響く小袖が、妙に白々とした顔を、おずおずと銀次に近づけた——。

「親分、さっき下っ引きのクゼ辰さんがきてねエ、浜村屋の太夫さんがなくなったというんですよ」

「え!?　根岸の菊三郎太夫かえ?」

「ええ、それが、つい四半刻（三十分）ほどまえのことですってさ」

「こいつア驚きだ。おれはきのう、谷中の毘沙門さまのお開帳で、太夫に会ったばかりだぜ」

「それが、親分、六さんじゃないけど、フグなんですって」

「えッ、フグか!? ふーム、そういやア太夫はでエのフグ好きだが、それにしてもなんだってすす掃きの日にフグなんか食ったんだろうなア……いくら好きだって、一日くらい待てねエことアねエじゃねエか」

「あたしにいったって始まらないよ、親分」

「おおきにそうだ。江戸一番の女形を、フグで殺したかと思うと、ついくやしくってね」

銀次が舌打ちをするのも道理、瀬川菊三郎といえば、当時名代の立女形、半月後に迫った春狂言の前評判に、江戸じゅうの娘っ子が胸をわくわくさせていたものだ。

「これじゃ春の〝初買い曾我〟は役がもめるだろう。菊三郎太夫に代わって宗十郎の由兵衛につきあえる小梅役者はいねエよ」

「それにしても、親分、よりによってきょうフグをたべる太夫さんは、よっぽどの通なんでしょうに……やっぱり、フグはこわいねエ。あたったら命取り――だから〝鉄砲〟とは、よくいったもんですね……」

なんとなく声をひそめる小袖のことばに、銀次はふっと顔をあげた。

「六……根岸まで行くが、つきあうか？」

「えッ、いまからすぐですかい？　この雪の中を……」

「いやならいいぜ。あんかにはいって、三毛ネコのように丸くなってな」

「いやな言い方だよ、親分……行きますよ、ええ、行きますとも……ちえッ、とんだひれ酒になりゃがった。もっとも、フグを食ってのたうちまわって死ぬよりゃ、並みの酒を冷やでいいから、グイッと湯飲みで一杯……」

ひとりごとのように、ぶつぶつつぶやくヒキ六の目の前へ――、

「はいよ、六助にいさん」

小袖がいつのまに用意をしたのか、こがね色をなみなみとついだ湯飲みを差し出した。

「おっと、おかたじけ！　エヘヘ……ねえさんはやっぱり、話のわかりがはええ」

「おだてても一杯こっきり……このお酒はフグ酒じゃないんだからね。舌ももつ

れなきゃ、手足がしびれる心配はなしさ。六さん、親分のお供は、しっかり頼んだよ」

小袖とヒキ六がそんなことをいっているうちに、銀次は、もう外出のしたくを手早く終わっていた。

すす掃きのフグ

浜村屋……瀬川菊三郎の死骸は、まだ中庭に埋めてあった。

フグにあたったら、裸にして土の中へ生き埋めにすれば毒が消える……そのいい伝えどおりにしたものらしい。

首から上だけを出して、からだをスッポリ埋められた菊三郎……。

日はすでに暮れていた。おりからの雪あかりに、紫の額帽子もそのままの青ざめた菊三郎の顔を見たときは、さすがの銀次も思わずゴクリとなまつばをのんだ。

雪は、ちょうどあごの下まで降りつもり、さらにチラチラと、額帽子に降りかかっている。

「こいつアひでエ！　なぜ死骸を座敷へあげねエんだ」

いささかむっとした銀次のことばに、いかにも小屋者らしい若い男が、もみ手しながら、腰をかがめた。

「へエ……まだご検死が済みませんので……太夫は変死だから、ご検死を受けたほうがよかろう――と、左内さまがおっしゃいますので……」

「おめエは太夫の男衆で、もしか長吉とかいったっけなア？」

「へエ、太夫には、二年越しお世話になっています」

「いまいった左内てエのは？　さむれエらしいが」

「もとは、佐竹さまのご家中とかで、浅島左内さまとおっしゃいます。お美知さんの腹違いのおにいさんで……」

「ひとりでのみこんでやがる。おれにゃなんにもわからねエぜ。そのお美知ってなアなにものなんだ？」

「それが……エへへ……」

長吉は、いやな笑いかたをして、耳の上を小指でかいた。

「その……太夫のおかみさんのようでもあり、お客さまのようでもあり、ただなんとなく、いつもごいっしょに――」

「わかったよ……そうかい、太夫はおもてむき、ひとり者だったのか？」

「へエ、三年あとに、まえのおかみさんがなくなりましてからは……お美知さんがここへ来てから、ちょうど一年になりますよ」

「武家の娘が、いっちゃ悪いが役者ふぜいのめかけになるたア、変わってるなア」

「長いご浪人で、よほどお困りになっていたのでしょう。ことしの春、左内さまがころがり込んできたときの身なりは、まったくの話が七ツ下がりのおんぼろ姿でした」

長吉のことばには、どことなく左内へ対してとげが感じられる。

「ご検死は願い出たんだろうな？」

「弟子(でし)の仙之助(せんのすけ)が自身番までお届けしました」

「仙之助は内弟子だな……そのほかに家内のものは？」

「下女のお角がおります。これはまえのおかみさんの遠縁のもので、もう五年余りも働いてるそうで……」

銀次はヒキ六をふり返って、菊三郎の死骸を掘り出すように言いつけると、庭から縁側に上がって、あかりのついている座敷の障子をあけた。

「あ、こりゃア御朱印の親分さん……」

いかにも女形の弟子らしい仙之助が、なよなよと三つ指をついて迎えた。

変死人の出た家にははなやかすぎる絹あんどんの灯かげに、浅島左内とお美知が並んでいた。左内は三十二、三、此村大吉まがいの、苦み走ったいい男だ。お約束どおりの着流しに浪人たぶさ——それがまたよく似合う……。

お美知の美しさは、ちょいと銀次も目をみはったほどだった。——左内よりは七ツハツも年下だろう、上方ふうのまるまげがばかになまめかしい。しかも、着付けなども武家ふうで、なんとも奇妙ないろけが漂っている。

商売がら女の数を知っている菊三郎にも、お美知の体臭は、不思議な魅力だったにちがいない。

「雪の中を、ご苦労だなア」

左内がおっとりと口を開いた。

「どうだ、もう浜村屋に経帷子を着せてもいいか？　あのままでは、宗十郎はじめ、座もとにも知らせるわけにはいかんのでなア」

「いかにもあれじゃァひどうござんすね」

「どうにも手のつけようがなかったのだ。血へどをはいてあばれ苦しむのを、ようやく庭へ埋めた……が、手遅れだったよ。わざわざ上野山下から医者を招いたが、まにあわなかった」

「太夫は、そんなに苦しみましたか？」

「見てはおれんかったな。こういうわけだ……」

左内の話によると、菊三郎はフグを自分で料理したらしい。

「すす掃きは、みんなに頼んだよ……あたしゃ離れで、楽しませてもらいます……」

そういってブラリと家を出ると、どこからか一尺余りの真フグをかごにいれさせて、かごで帰ってきた。

「あれ、太夫さん、すす掃きだというのにフグなどを？」

お美知が驚くと、菊三郎はニッコリ笑った。

「きょうは安い……まるでただみたいだよ。すすがフグの大敵だなんて、うそっぱちさ。フグは、すすなどが一筋でもついていないくらいよく洗ってから食べろということなのさ。毒のあるのは子袋（卵巣）と隠し肝、それさえとれば心配はないのだよ」

「でも、お料理はむずかしいでしょうに……」

「アハハ……あたしゃ十年余りフグを食べている。宗十郎のにいさんなんか、あたしのことをフグ太夫というくらいだよ。料理だって、幾度も自分でしていますのさ」

菊三郎は、お美知にてつだわせて、井戸ばたでフグをつくった。

大振りそでに、赤いしごきでものものしいたすきがけ、あだ討ちのようなかっこうで出刃を握る。フグ一匹に水一石といわれる。菊三郎のことばのように、フグ料理は洗いがいちばんたいせつである。それで、お美知の役目は、水をくみ上げることだった。

「菊太夫のお手並みは、ご自慢ほどあって、おみごとでございました。でも、フグの大きなおなかをスーッと切り開くときなど、菊太夫の女形(おやま)姿がお美しいだけに、思わずゾッといたしました……」

そのときの様子を、お美知はこう語った。

とにかく、手さばきもあざやかに、菊三郎はさしみとちりに料理をし、ひれは焼いてひれ酒にした。

「はじめのうちは、拙者がしばらく相手をしていたが、おもやのほうで一同がすす掃きをしているので、そこはいそうろうの情けなさ、そのてつだいに中座して、おもやへ来た。騒ぎになったときは、それから一刻(いっとき)（二時間）ほどしてだ。うめき声に気づいた美知が離れをのぞいたときには、浜村屋は七転八倒、両手で胸もとをかきむしっていた」

「なにかいいましたか？」

「はっきり美知の名を呼んでいたよ」

それを聞くと、銀次はサッと席を立った。

「死骸に経帷子を着せるのはいいが、弔いを出すなアちーっとめんどうですぜ」

「なにッ、なぜ弔いができぬ!?」

「太夫にゃきのどくだが、この死骸は寺で受け付けてくれねエでしょうよ」

黒い顔の男と女

菊三郎の死骸を、庭から離れ座敷に移すと、銀次はあらためてからだじゅうをくわしく調べた。

のどから胸へかけて、かきむしった傷が数かぎりなく残っている。

「恐ろしいね、親分。こいつを見ると、二度とフグを食おうなんて気にはなれねエ」

「そいつアきのどくだな……おれはまた今夜あたり、寒さしのぎにひれ酒でも、いっぺえ飲みたいと思ったところだ」

「意地が悪いよ、まったく……」

「からだがポカポカと、しんから暖まるぜ」

「なんともこたえられねエんだ」

「それに、からだの節々の凝りが一度にほぐれて、なんともこたえられねエんだ」

「そうですかねエ」

「ちりはどうだい。春菊をそえて、ダイダイの酢じょうゆ、うめエぞ」

「なんとでもおいいなせエ、あっしゃ飲みたくありませんよ」

「食いませんよ」

「さしみはどうだい。ワサビをみじんに切って……」

「くわばらくわばら、あっしゃまだひとり者ですよ。これから女房をもらって、そのうちに、お差しでアンコウなべでもつつきまさア」

「気のなげエことといってやがる。おい、台所へ行ってみよう」

「えッ、なにしに?」

「ひれ酒の残りか、ちりのなべくらいあるかもしれねエ」

「ほ、本気ですかい!?」

ぼやくヒキ六をあとに、銀次は薄暗い台所へ顔を出した。

ふき込んだ板の間に、三十五、六の年増がうなだれている。

「おめエ、お角だな?」

「御朱印の親分ですね……あたしゃ親分を待っていたんですよ」

「太夫のことで、何かいいたいのかえ?」

「親分……太夫さんは、殺されなすったのですよ」

お角は声を落としたが、その反対に、目がすわって、ギロッと光った。

「太夫さんは、すすのついたフグを、知らずにめし上がったにちがいありません」

「それだけじゃ、人殺しにゃならねエ。きょうはすす掃きだ。江戸じゅうすすに包まれたようなものさ」

「いいえ、すすが雪のように舞っていても、あの離れにだけははいりません。フグ好きの太夫さんは、すすがはいらぬように気をつけておいででしたよ。だれかがソッと、持ちこんだのです」

「だれかというより、おめエは離れへ行かなかったのかえ?」

「とんでもない! あたしゃ頭のてっぺんから、鼻の穴までまっくろでしたからね、そんな姿で、フグのある離れへ行くものですか」

「では、だれかが行くのを見たか？」

「ひとりだけ知ってますよ。左内さんです」

「太夫が死ぬと、左内ってさむれエは、なにかいいことがあるのか」

「さア、それはわかりませんよ」

「この家の家財道具はどうなる？」

「お美知さんのものになるんでしょう」

お角はかんで吐き出すようにいった。

「おい、だれか太夫を恨んでるものはあったか？」

「恨んでるといえば、仙之助さんでしょうかねエ。太夫さんの前名の菊之助を継ぐという話は、まえのおかみさんのときからあったのですけど、太夫さんがこのごろ急にしぶり始めたのです。そのわけは、お美知さんの差し金のようですよ」

「じゃ、太夫を恨むより、お美知を恨むのが本筋だな」

「それから、男衆の長吉っつぁん、あの人はお美知さんが好きなんですよ」

「つまり、太夫がじゃまというわけか？」

「さア、そこまでは申せませんけど……」

　銀次は流しへ近づいて、台の上を見た。

「お角、太夫がつかったなべやさら小ばちは？」

「戸だなへしまいましたよ」

「おめエ、洗ったのか？」

「いいえ、洗ってあったのですよ。お美知さんがしたんだと思ってましたが、何か……」

　それには答えず、銀次は台所を出ると、内弟子（うちでし）の仙之助を離れに呼んだ。

「太夫の死骸（しがい）の前だ。はっきり返答するんだぞ。おめエ太夫を恨んでいたってな？」

「親分、正直に申し上げます。先月までは、役者をやめようかと思っていました。菊之助の襲名の話が持ち上がって、かれこれまる三年です。一時は、太夫とお美知さんを恨みました。でも、今では……」

「とってつけたようなうそはよしなよ」

「いいえ。春狂言の〝初買い曾我（はつかいそが）〟で大磯（おおいそ）の虎（とら）の大役をやらせていただくことになりました。みんな太夫のおほねおりですもの、どうして役者がやめられましょう。今まで恨んでいたことさえ、そら恐ろしいくらいで……」

「よしよし……。で、おめエきょうのすす掃きさいちゅう、離れへ行ったかえ？」

「めっそうもない。すすだらけのからだで、太夫のおそばへ近よるなんて……フグとすすの食い合わせは、よっく存じておりますよ」

女形（おやま）の仙之助は、七段めのお軽を思わせるしぐさで震えていた……。

替わって呼んだのは男衆の長吉――。

「長吉……おめエお美知が好きか？」

「えッ！　ご、ご冗談で……」

「冗談に聞いてるんじゃねエ、好きかきらいか？」

「そ、そりゃ、きらいじゃ、ありませんよ」

「女房にしてエか？」

「い、いけませんよ！　お美知さんはいい女だが、長屋向きじゃありませんやね。あんなひと背負い込んだら、たちまちあごがひあがりまさア。あの人にゃ金がかかりますよ」

「野郎、はっきりいったな」

「いえねエ、これは太夫から聞いたんです。お美知って女は、いい着物を着せ、日髪日化粧でソッとしておかなくっちゃ値うちがない女だってね、そういってましたよ」

　このことばは、銀次にもうなずけた。あのモヤモヤとしたあやしいいろけは、金に糸目をつけぬぜいたくの中から生まれるものだ。お美知は裏長屋では、朝顔のようにしぼんでしまう女だ。

「おめエ、きょうの昼間、ここへ来たか?」

「来るもんですか……暮れの十三日にゃフグの値が下がるくらいのこたア知ってますよ。太夫は女形（おやま）だが、気の短いほうでしたからね、うっかり黒いつらアふん出そうものなら、どなられたうえ、お払い箱ですよ」

　とんでもないことというように、長吉はおおげさに手を振った。

長吉と話していると、中庭から、左内の大きな声が聞こえてきた――。

「死骸を清めねばならぬし、通夜の用意もせねばならぬ。検死はまだ済まぬのか……」

ヒキ六に食ってかかっているらしい。

銀次は障子をあけた。――左内のうしろに、お美知と仙之助が、寒そうにそでを合わせている。

「もしえ、あっしゃ検死に来たといった覚えはありませんぜ」

「なにッ。では、御用聞きがなにしに来たのだ」

「岡っ引きだって役者とつきあうこともある。あっしゃ太夫と、ちょっとしたなじみでね。きょうは悔やみのつもりで来たのだが、ただお線香だけあげて帰るわけにはいかなくなりましたよ」

「さっきも妙なことをいったな。死骸を寺で引き受けまいなどと……人騒がせな。あまりひっかきまわさないでもらいたい」

「そうはいきませんよ。下手人を縛るのが、あっしの役目でござんすからね」

「下手人!?」

驚いて問い返す左内のうしろで、ギクッとお美知のまるまげが揺れる……。

「お美知さん、おまえさんが無事な太夫を見たなアいつでした?」

「フグのお料理をてつだったときでございます。それからはすす掃きをしていましたので……」

「離れには一度もはいらなかったのですかえ?」

「はい、すっかりかたづいて、身じまいを終わるまで、近づいてはならぬ……と、太夫さんからいわれておりましたから……」

「おまえさん、太夫の使ったなべやさらを洗いましたかね?」

「いいえ、女中のお角が台所へ運んでいましたから……」

「そのお角は、いつの間にかきれいに洗ってあった——といっている」

「まア!　では、だれが……?」

だれが——といったところで、あとは弟子の仙之助と男衆の長吉だけだ。そのふたりは知らぬ顔をしている。まさか、武家姿の左内が、洗いものなどに手を出すはずはない。

「お美知さん、つかぬことを尋ねるが、太夫が死ねば、この家のものはみんな、おまえさんのものになるんでしょうね？」

「ほかに身寄りはございませんから……でも、あたくしは、宗十郎さんや、兄の考えにおまかせいたすつもりでおります」

「もしかりに、お美知さんは表向きのおかみさんじゃねエから……ということになれば……」

「かまいません。せめて、かたみの一品でもいただければ……」

そういうお美知のことばが、菊三郎に対する思慕の涙にとぎれがちになる。

「銀次、何を証拠に、浜村屋があやめられたなどと申すのだ？」

「師走（しわす）の十三日にフグを食うほど通の太夫が、毒にあてられるたア、ちーっと奇妙じゃござんせんか？」

「それは……なんだろう、どこからかすすが舞い込み、浜村屋は気づかずに、すすのついたフグを食ったのではないかな」

「浅島のだんなは、ほんとうにすすがフグの大敵だとお考えですかね？」

「さア、なんとも申せんな。浜村屋がいったように、フグの肉はよく洗えという戒めに、フグとすすは食い合わせなどと申すのかもしれぬ」

「はなのうち、だんなは太夫と飲んでいたんですねエ」

「うン、半刻（一時間）余り相手をしていた」

「その後も、一度この離れに来たそうですね」

「お角が申すのだろう？　来たには来たが、座敷にはあがらなかった。どうも、お角というやつは、なんのかのと、われわれきょうだいになんくせをつける。銀次、この家内で怪しいやつといえば、お角が第一だぞ」

「先のおかみさんの身内なら、お美知さんをよく思わねエのはあたりまえでしょう……ときに、左内のだんな」

　何を思ったか、銀次はゆっくり左内に近づくと、その耳もとに口を寄せ、小さな声でささやいた。——とたんに、左内の顔がサッと青ざめる——。

「銀次ッ、無礼だぞッ」

「へへ……火つけ、ぬすっと、人殺しの詮議にかけちゃ、武家町人の差別をつけねエ御朱印銀次でさア」

「なにを証拠に、さようなことをッ！」

「フグとすすの食い合わせを信じたものは、だれも離れに近づかなかった。近づいたのは、信じねエおめエさんだけだ……おいッ、浅島左内、なんならお白州で石を抱かせてもいいぜ」

「うぬッ、くたばれッ！」

アッという間のできごとだった。――ゆうゆうとしていた左内の顔色が変わり、次の瞬間には、無そりの大刀が、さや走っている。パッと五、六尺飛びのいた銀次の手から、スルスルと方円流のとりなわがのびる。

左内もさるもの、バラリ……と、とりなわを切り払うと、サッとすそを翻して、雪の夜道へ駆けだしていく。

「手ごわいぞ。呼び子を吹けッ」

銀次の声を後ろに、ヒキ六がころがるように飛び出していた。

＊　＊　＊

雪に寝静まった上野御成街道を、銀次とヒキ六のふたり連れ……捕方に囲まれた浅島左内が、車坂の木戸で立ち腹を切ったあと始末を終わっての帰りだった。

「どうも驚いたね。いまだにわけがわからねエよ。親分」

「おれは左内から、太夫が血へどを吐いて狂いまわったと聞き、死骸の胸に残ったひっかき傷を見たときから、太夫はフグで死んだんじゃねエと眼をつけた」

「エッ、フグとすすの食い合わせじゃねエんですかい？」

「すすで死ぬなら、フグは人里離れた野っ原ででも食わなけりゃならねエ。浜村屋の太夫は、テンからそんなことは信じなかった。だが、お美知はじめ家内の者は信じている。それをうまくつかったのが左内のやつさ。太夫がすすつきのフグで死んだように見せかけた」

「じゃ、菊三郎はなんで殺されたんです？」

「お定まりの石見銀山ネズミとり……それを左内の耳もとにささやくと、パッと酒顔色がかわりゃがった。あいつは太夫と飲んでいるうちに、すきを見て、ひれ酒かちりなべに一服投げ込んだのさ。すす掃きさいちゅうに一度離れをのぞいたのは、様子を見に行ったのだ。だが、ソッと帰ってきて、お美知が太夫のうめき声を聞きつけるまで、そしらぬ顔をしていた」

「ふーン、石見銀山とは考えやがった！」

「小袖が出がけにいったじゃねえか、フグ通の太夫が、毒にあてられるはずはねエッて……それから、フグにあたると、ろれつが回らなくなって、手足がしびれるとね。ところが、太夫はしまいまでお美知の名を呼んでいたというし、指もしびれず胸をかきむしっている。こいつアフグ毒の死に方じゃねエよ」

「てへッ、またまたねえさんのおてがらですかい」

「そういうわけじゃねエが、死骸を見たとき、第一番に小袖のことばを思い出したよ」

「悪いやつですね……しかし、なんだって太夫を殺したんでしょ、太夫が死んでも一文のとくにもならねエのに……」

「浜村屋が死ねば、財産はお美知のものになる――」

「だって、お美知は気だてのよさそうな女だが、あれで芯は案外しっかりしていそうですよ。財産がころげ込んでも、左内の自由にさせるとはかぎりませんぜ」

「だから、この次に殺されるのは、妹のお美知だったろうよ。もともと腹違いだから、左内はたいしてお美知をかわいいとも思っていなかったかもしれねエ」

「へーエー、年の瀬だねエ、親分、ずいぶんせちがらいや。回り回って、いつこちとらの命がねらわれるかわからねエ」

「安心しなよ。おめエには当分、金運と女運はありそうにねエから、人殺しのほうでごめんだってさ」

「うワッ、ちげエねエ……。せめて酒運といきましょうよ。親分、ひれ酒はあったまりますぜ……」

気楽なヒキ六のことばに、銀次も思わず笑いを浮かべる……。

本作品中に差別的ともとられかねない表現が見られますが、著者がすでに故人であることと作品の文学性・芸術性に鑑み、原文のままとしました。

（春陽堂書店編集部）

『御朱印銀次捕物帳』覚え書き

初出「講談雑誌」（博友社）

第1話　帯取り念仏　昭和26年3月号
第2話　恋の隠し戸　昭和26年4月号
第3話　ふりそで女形　昭和26年5月号　※「ふり袖女形」改題
第4話　侏儒屋敷　昭和26年6月号
第5話　媚薬殿さま　昭和26年7月号
第6話　幽霊の手紙　昭和26年8月号
第7話　浮世絵狂い　昭和26年9月号　※「浮世絵師」改題
第8話　お部屋さま　昭和26年10月号
第9話　裸体美女　昭和26年11月号
第10話　ふぐ大夫　昭和26年12月号
第11話　だるま姉妹　昭和27年1月号　※未収録

初刊本　御朱印銀次　和同出版社　昭和29年8月
※1～10話、「むささびお仙」「三日月お蝶」「天竺お初」「紅蜘蛛お六」を併録

再刊本　御朱印銀次捕物帳　春陽堂書店〈春陽文庫〉　昭和48年6月
※1～10話

十手を磨く男　御朱印銀次捕物帳　春陽堂書店〈春陽文庫〉
昭和57年12月　※1～10話

春陽文庫

御朱印銀次捕物帳（ごしゆいんぎんじとりものちよう）

2024年3月25日　新装改訂版第1刷　発行

著者　島田一男

発行者　伊藤良則

発行所　株式会社　春陽堂書店
〒一〇四―〇〇六一
東京都中央区銀座三―一〇―九
KEC銀座ビル
電話〇三（六二六四）〇八五五（代）

印刷・製本　中央精版印刷株式会社

本書のご感想は、contact@shunyodo.co.jp にお願いいたします。

定価はカバーに明記してあります。

ISBN978-4-394-90477-9　C0193